앨리스 앤솔로지

거울 나라 이야기

앨리스 앤솔로지
거울 나라 이야기
ⓒ 범유진·이선·정이담 2023

초판 1쇄   2023년 4월 14일

지은이   범유진·이선·정이담

출판책임	박성규	펴낸이	이정원
편집주간	선우미정	펴낸곳	도서출판 들녘
기획이사	이지윤	등록일자	1987년 12월 12일
편집진행	이동하	등록번호	10-156
디자인진행	고유단	주소	경기도 파주시 회동길 198
일러스트	윤재민	전화	031-955-7374 (대표)
편집	이수연·김혜민		031-955-7384 (편집)
마케팅	전병우	팩스	031-955-7393
경영지원	김은주·나수정	이메일	dulnyouk@dulnyouk.co.kr
제작관리	구법모		
물류관리	엄철용		

ISBN   979-11-5925-767-4 (03810)

고블은 도서출판 들녘의 장르문학 브랜드입니다.
값은 뒤표지에 있습니다. 잘못된 책은 구입하신 곳에서 바꿔드립니다.

앨리스 앤솔로지

거울 나라 이야기

범유진

이선

정이담

gobl

목차

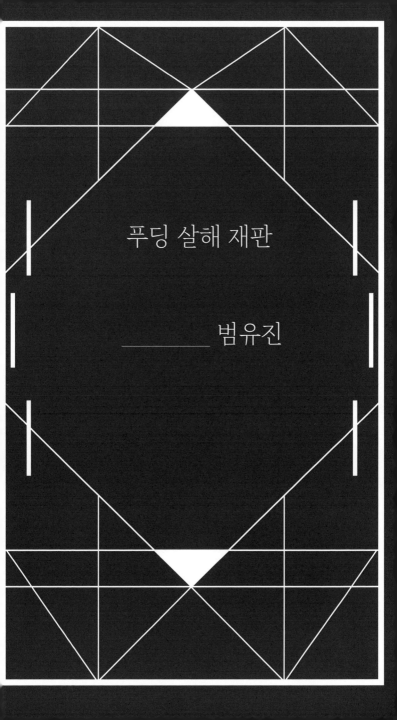

푸딩 살해 재판

_____ 범유진

이상하고도 즐거운 앨리스 월드에 어서 오세요.

안 즐거워. 이상하긴 한데 안 즐겁다니깐? 갈색 얼굴이 코끝에 닿을 정도로 들이밀어졌을 때, 아린은 연습실 한쪽에 세워져 있던 홍보용 패널을 떠올렸다. 지난 사흘간, 연습이 끝나면 아린은 패널 앞에 서서 혼잣말을 중얼거렸다. 안 즐거워. 너무 이상해서 안 즐거워, 라고.

앨리스 아동극의 대타 의뢰가 들어온 것이 사흘 전이

었다. 연락을 해 온 선배는 앨리스 역을 맡은 주연의 다리가 부러졌다고, 의상이 다 나왔는데 사이즈가 맞을 만한 사람이 너밖에 없다며 사정했다. 아동극은 처음이었고, 첫 공연까지 사흘밖에 남지 않았으니 대사를 외우려면 밤새야 할 터였지만 반년 만에 들어온 주연 자리를 마다할 순 없었다. 밤을 새서 대사를 외워 첫 연습을 간 날, 아린은 무대용 의상을 받아들었다. 그 순간 아린은 어릴 적 봤던 왕관을 기억해냈다. 너무나도 촌스러워서 흠칫 놀랐던 그 왕관! 그것과 막상막하일 정도로 촌스러운 디자인이었다. 그러나 의상은 시련의 시작일 뿐이었다. 계속해서 합을 맞춰 온 단원들이 굴러들어온 주연을 좋아할 리 없었다. 아린은 매일 연습이 끝나면 패널에 불평을 쏟아붓는 것으로 그만두고 싶은 마음을 억눌렀다.

안 즐거워. 이상해서 안 즐거워. 그건 어릴 적에도 거울을 마주하고 중얼거렸던 아린만의 주문이었다. 그렇게 악으로 버텨 드디어 내일이면 첫 공연이 시작될 터였는데 느닷없이 이런 상황이다.

이런 상황이 어떤 상황이냐.

리허설을 위해 의상 피팅까지 마치고 무대 뒤에서 김밥 포장지를 벗기다가 잠깐 눈을 감았다 떴을 뿐인데 꽃이 가득한 숲속에 주저앉아 있는 황당무계한 상황이다.

"앨리스가 왜 이렇게 크지?"

노릇노릇하게 잘 구워진 빵 냄새에 입안에 저절로 침이 고였다. 이런 상황에도 배는 고프다. 눈앞에 서 있는 푸딩의 얼굴을 떼어내서 입에 넣고 싶을 정도로. 아린은 자신의 턱을 붙잡아 양옆으로 획획 돌리는 무례한 상대의 얼굴을 빤히 바라보았다.

역시 푸딩이다. 아무리 봐도 푸딩.

아린과 키가 비슷할 정도로 거대한 데다, 한가운데 눈과 입이 버젓이 자리 잡고 있고 나무 막대기를 꽂아놓은 듯한 팔다리가 솟아나 있지만 분명 푸딩이다. 편의점에서 김밥과 함께 집어 들었던 말랑말랑한 젤라틴 푸딩은 아니다. 브랜디 냄새가 은은하게 풍기고, 검고 노란 건포도가 콕콕 박혀 있는 플럼 푸딩plum pudding이다.

아린이 플럼 푸딩을 처음 맛본 건 일곱 살 때였다. 아린의 할머니는 책 속에 나오는 온갖 음식을 재현하는 것이 취미였다. 플럼 푸딩 역시 할머니의 손을 통해 글자 속에서 빠져나와 아린의 앞에 나타났다. 암갈색에 쫀득한 식감을 가진 빵은 아이의 입에는 그다지 맛있지 않았지만 아린은 꽤나 자주 플럼 푸딩을 만들어달라고 조르곤 했다.

"뭐. 좋아. 어쨌든 그 옷을 입고 있는 걸 보면 앨리스인 건 분명하니깐. 바보처럼 계속 앉아 있지 말고 일어나. 앨리스! 시간이 없어."

푸딩은 아린의 얼굴에서 손을 떼고 성큼성큼 앞장서 걸었다. 아린은 잠시 망설이다 몸을 일으켰다. 무슨 수를 쓰든 내일, 첫 무대가 시작하기 전까지는 원래의 세계로 돌아가야 했고 지금 당장 그 방법을 물어볼 수 있는 상대는 푸딩뿐이다. 아린은 푸딩의 뒤를 따라 걸었으나, 걸으면 걸을수록 푸딩과 멀어질 뿐이었다.

"푸딩이 몸이 달았네. 멋대로 앨리스를 불러오다니. 하트 여왕님이 아시면 목을 치실걸."

"하트 여왕님은 바빠. 붉은 왕과 여왕도, 하얀 왕과 여왕도. 거꾸로 감옥이 이상해졌잖아."

아린이 푸딩과 점점 멀어지는 사이, 주변의 꽃들이 떠들기 시작했다.

"이상하지. 이상해졌어. 미친 모자 장수가 수감되었잖아. 틀린 박자로 노래 부른 죄로 벌을 받아서 감옥에 갇혔잖아."

"갇혔지. 재판은 그다음 주 수요일에 열렸고."

"거꾸로 감옥이니깐. 벌을 받고 재판을 받지. 범죄는 가장 나중에 저지르게 되고."

"범죄를 저지를지 안 저지를지는 아무도 모르는 일이지."

"안 저지르는 경우가 훨씬 많았지. 미친 모자 장수는 이제껏 여섯 번이나 감옥에 갇혔지만 한 번도 노래를 틀린 적이 없었어."

"하지만 이젠 아니야. 재판에서 유죄를 받으면, 그 범죄가 정말로 실현되어버린다니깐."

"미친 모자 장수도 이번에는 틀렸다고! 노래를! 여왕

님의 연회에서!"

참나리와 장미꽃, 데이지가 신나게 떠들며 몸을 흔들었다. 그때마다 떨어져 내리는 꽃가루가 아린의 코끝을 간질였다. 아린은 연거푸 재채기했다. 조금이라도 빨리 이 숲을 빠져나가지 않으면 재채기를 하다가 숨이 차 죽을 수도 있겠구나 싶었다.

"하트 여왕님은 감옥이 멋대로 구는 것을 참을 수 없어 해."

"멋대로 굴 수 있는 건 하트 여왕님뿐이니깐."

"사실 우리는 이유를 알지."

"알지. 알고 말고. 앨리스가 사라진 지 너무 오래되어서 그래."

아린은 격렬한 재채기로 멍해진 머릿속을 애써 가다듬었다.

'말하는 꽃. 가까이 갈수록 멀어지는 현상. 이건… 역시 그거지.'

아린은 푸딩과 반대 방향으로 몸을 돌려 걷기 시작했다. 그러자 푸딩과의 거리가 점차 줄어들었고, 아린은 곧 푸딩을 따라잡았다. 아린은 이곳이 어디인지, 어떤 법칙으로 움직이는 곳인지를 알았다. 어릴 적 몇 번이고 읽었던 데다가, 사흘 전에는 대타이긴 해도 주연을 맡은 것이 기뻐 두꺼운 완역본까지 독파한 터였다.

'이상한 나라만 읽을까 하다가 거울 나라까지 읽기를 잘했네.'

토끼가 뛰어온다면 이상한 나라였을 테지만, 가는 곳과 반대의 방향으로 향하게 된다면? 두말할 필요 없이 그곳이었다. 『거울 나라의 앨리스』. 모든 비대칭적인 사물들이 거울에 비치듯 반대로 보이는 곳. 꽃들이 딱딱한 정원에서 잠들지 못해 말을 하고 여덟 번째 칸을 뛰어넘으면 여왕의 자리를 차지할 수 있는 체스판 위의 세상이다.

'툭하면 목을 자르라고 외치는 하트 여왕을 직접 만날 일은 없겠네. 그나마 다행이야.'

아린은 푸딩과 함께 숲을 빠져나왔다.

푸딩의 집은 평범한 오두막집이었다.

'어릴 적에 봤던 푸딩의 집은 헨젤과 그레텔에 나올 법한 과자 집이었는데.'

푸딩은 집 안으로 들어가자마자 벽난로에 장작을 던져 넣었다. 벽돌로 만들어진 아치형 벽난로 안에 불길이 치솟았다. 푸딩은 벽난로 앞에 놓인 식탁에 앉으며 아린에게도 자리를 권했다. 식탁 위에는 건포도가 잔뜩 박힌 스콘이 놓여 있었다.

"하나 들지 그래? 늙은 양의 가게에서 사 온 거야."

배가 고팠던 아린은 거절하지 않고 스콘에 손을 뻗었다.

"건포도가 든 건 영 별로인데 말이야. 이곳에서는 늙은 양의 가게에서 파는 것만 먹을 수 있는데, 일 년째 늙은 양의 가게에 이것만 들어오고 있어."

"나를 왜 이곳으로 데려왔는지 이유나 말해. 난 바빠. 내일 중요한 일이 있다고."

또로록. 아린의 발밑으로 무언가 굴러왔다. 아린은 스콘을 씹으며 식탁 아래를 봤다. 빨갛고 동그란 나무 공이었다.

“그야, 네가 앨리스이기 때문이지. 앨리스는 언제든 재판의 변호사가 될 수 있으니깐.”

“뭐? 재판이라니? 내가 어떻게 변호를 해?”

아린이 말도 안 된다는 듯 코웃음 쳤지만, 푸딩은 아랑곳하지 않고 말을 계속했다.

“네가 변호해야 할 상대는 트위들덤이야. ‘푸딩 살해’ 죄목으로 일주일 간 ‘거꾸로 감옥’에 갇히는 벌을 받았어. 내일 아침 열 시가 재판이야.”

“내일 열 시? 안 돼. 내일 오후 두 시에 공연 시작이라고! 그 전에 해야 할 일이 얼마나 많은데. 난 당장 돌아가야겠어.”

아린이 항의했지만 푸딩은 흥, 콧방귀를 뀔 뿐이었다.

“돌아가고 싶으면 문제를 해결해. 해결하지 않으면 돌려보내주지 않을 테니깐!”

팔짱을 끼고 한쪽 다리를 달달달 떠는 푸딩의 모습은 누가 봐도 고집쟁이 그 자체였다. 결국 아린은 두 손을 가볍게 들어 올렸다.

'기브업. 항복. 예전에 탐정 배역도 맡은 적 있으니, 흉내라면 그럴싸하게 낼 수 있을 거야. 어차피 제대로 된 재판이 아닐 테니깐, 적당히 어울려주면 되겠지.'

인정하긴 싫지만, 푸딩의 요구를 들어주는 것말고 거울나라를 빠져나갈 방법은 없다.

"…좋아. 아까 꽃들의 대화를 들었어. 거꾸로 감옥에 이상이 생겼다고."

"맞아. 재판에서 유죄를 받으면 그 범죄가 정말로 실현이 되어버린다고! 그게 문제야! 그게 뭘 의미하는지 알겠지? 트위들덤이 재판에서 유죄를 받으면 내가 정말로 살해당한다는 뜻이라고! 그것만 아니면 그 시끄럽기만 한 쌍둥이의 변호 따위, 부탁하고 싶지도 않아. 트위들덤과 트위들디는 정말로 시끄러워. 그 망할 놈의 딸랑이! 그 둥그런 나무 구슬을 마구 흔들며 내 집 앞을 지나갈 때마다 활활 타오르는 장작을 그놈들에게 던져 버리고 싶을 정도야. 그거 알아? 그 쌍둥이는 밀랍인형이야. 자기들은 밀랍이 아니라고 박박 우기지만 거울나라 사람들이라면 모두 알고 있는 사실이지."

푸딩은 흥분한 듯 쾅, 식탁을 주먹으로 내리쳤다.

"침착해. 몇 가지 물어볼게. 트위들덤은 고발당한 거지?"

"당연하지. 거꾸로 감옥이니깐. 저지르지 않은 범죄를 목격한 사람이 있을 리가 없잖아. 거꾸로 감옥에 수감된 사람들의 재판은 모두 고발로 이루어져."

고로 누군가 '트위들덤이 푸딩을 살해할 것이다'라고 고발했다는 이야기다.

"또 하나. 네가 살해당한다고 했지? 그거 어떤 의미야? 예를 들어서 내가 너를 칼로 자르면, 너는 죽는 거야?"

"설마. 난 그 정도로 약하지 않아. 잘리면 아프기야 하겠지만 그쯤은 흑설탕 좀 바르면 나아. 푸딩이 죽을 때는 먹힐 때뿐이야. 다른 사람의 입안에 들어가서 우적우적 씹힌 뒤에 식도 아래로 꿀꺽 넘어가버리면 그건 뭐, 어떻게 되살아날 방법이 없잖아. 완벽한 죽음이지."

아린은 고개를 끄덕이며 스콘을 하나 더 집어 들었다.

"그렇군. 자. 들어봐. 트위들덤이 재판에서 무죄를 받도록 하는 방법은 두 가지야. 첫째, 재판에서 트위들덤이 푸딩을 싫어한다는 사실을 입증한다. 주변 사람들에게서 트위들덤이 푸딩을 싫어한다는 증언을 모아서 제출하는 거지."

"…트위들덤이 푸딩을 싫어하지 않으면?"

"두 번째 방법, 고발한 사람을 알아내서 고발을 취소하게 한다. 트위들덤과 사이가 안 좋은 사람이 누가 있는지 알아?"

"알지. 나도 지난 일주일간 놀고만 있었던 건 아니라고."

푸딩은 난로 옆에 놓인 선반으로 다가가 작은 수첩을 꺼내 아린에게 내밀었다. 수첩을 펼친 아린의 미간에 깊은 주름이 잡혔다.

'하여간 여기는 글자도 이 모양이야.'

아린은 수첩 한가운데 가장 크게 쓰인 글씨를 더듬더듬, 거꾸로 읽어 내려갔다.

순서대로 이야기를 들어보도록 할까. 아린은 수첩을 한 장 넘겨 '증언'이라고 꾹꾹 눌러 썼다. 조금이라도 빨리 사건을 해결해야만 했다. 그러지 않으면 연극은 주연 없이 막을 올리게 될 터였다.

[메모 1]

첫 번째 증언. 제정신이 되어버린 미친 모자 장수

　트위들덤? 알고 있습니다. 사이가 딱히 나쁘지는 않아요. 하트 여왕님의 연회에서 제가 노래할 때마다, 트위들덤이 딸랑이를 흔들며 시끄럽게 구는 게 짜증나긴 하지만요. 트위들덤과 트위들디는 딸랑이를 정말 소중하게 여기지요. 한시도 손에서 떼지 않고 가지고 다니면서 흔들고 또 흔들어요. 공작부인이 그 딸랑이를 탐낸다는 이야기가 있더라고요. 공작부인은 아기가 있으니깐 탐이 나겠죠.

　트위들덤을 고발한다고요? 설마요. 트위들덤은 언제나 시끄럽고 많이 먹거든요. 여기, 연회 장면을 그린 그림을 보세요. 트위들덤의 자리 앞에 놓인 음식 접시만 뭐든 깨끗하게 비워져 있잖아요. 음? 스콘은 안 먹었네요. 저는 이 스콘 아주 좋아하는데 말이에요. 건포도가 듬뿍 들어 있어서 정말 맛있거든요. 푸딩이요? 엄청나게 많이 먹죠. 트위들덤이 푸딩을 먹고 또 먹어서 짜증이 난 하트 여왕님이 트위들덤의 목을 치라고 외친 적도 있을 정도랍니다. 트위들덤의 무례함에는 익숙해요. 그러니 그런 이유로 트위들덤을 고발하거나 하진 않습니다. 저야말로 거꾸로 감옥의 단골인걸요.

저는 언제나 같은 죄로 고발을 당해 거꾸로 감옥에 갑니다. 하트 여왕님의 연회에서 틀린 박자로 노래를 부른 죄지요. 물론 제가 진짜로 박자를 틀린 적은 한 번도 없었습니다. 없었고 말구요. 그 빌어먹을 마지막 고발이 아니었다면! 거꾸로 감옥은 왜 저에게 그런 끔찍한 일을 저지른 걸까요. 거꾸로 감옥이 이상하게 변해 버린 탓에 저는 노래를 틀리고야 말았습니다. 그건 정말 있을 수 없는 일이에요. 박자를 놓치다니! 박자를 놓친다는 것은 곧 시간을 놓친 것과 같습니다. 시간은 지켜야만 하는 겁니다. 제시간에 일어나기 위해서는 침대를 기울여서라도 사람을 깨워야 하는 거라고요.

이전에 몇 번이고 감옥에 갇힌 것은 별일 아니었습니

다. 그렇잖아요? 거꾸로 감옥은 어쨌든 감옥입니다. 최고형이 감옥행이에요. 일단 고발이 이루어지고 감옥에 갇히면 재판이야 뭐, 마음 편하죠. 이미 벌을 받았는데 재판에서 유죄가 나오든 무죄가 나오든 무슨 상관이 있겠습니까. 오히려 그렇게 감옥에 다녀오고 나면, 실수를 해도 미리 벌을 받았으니 괜찮다는 생각 때문에 마음이 가벼워져서인지 실수를 하지 않게 되더라고요. 하트 여왕님의 연회에서 처음으로 노래를 하게 되었을 때 거꾸로 감옥 덕을 많이 봤지요.

거꾸로 감옥은 대체 왜 그렇게 되어버린 걸까요. '홍학 토막 사건' 이야기는 알고 계신가요? 그것도 엄청나게 끔찍한 이야기입니다. 하얀 기사 중 한 명이 거꾸로 감옥에 갇혔어요. 크로케 경기를 하다가 홍학의 머리를 토막 내어 버릴지도 모른다는 고발을 당했거든요. 그건 거꾸로 감옥에 꽤 빈번하게 올라오는 고발입니다. 크로케 경기를 하다 보면 기사 중 몇 명은 홍학의 머리를 칼로 베어버리는 건 아닐까 싶게 흥분하거든요. 물론 하얀 기사는 신사답게 경기를 하기에 그런 일은 한 번도 일어나지 않았습니다. 여기서만 하는 이야기지만, 만약 하얀 기사 중 누군가 정말 홍학의 목을 베려 했다면 그 전에 하트 여왕님이 그 기사의 목을 쳤을 거예요.

그런데 그 일이 일어나버린 겁니다. '유죄' 판정을 받았던 기사가 홍학의 목을 친 것도 아니었습니다. 기사가 크로케 경기를 하려고 홍학을 품에 안는 순간, 홍학의 목이 뚝 떨어져버린 겁니다. 이게 무슨 말인지 아시겠어요? '유죄' 판정을 받으면 범인이 아무 행동을 하지 않아도 그 범죄는 일어납니다. 불가항력이에요.

예? 오늘은 왜 이렇게 앞뒤가 딱딱 맞아떨어지게 이야기를 잘하냐고요? 입을 다물라는 무례한 말도 하지 않고? 그게 문제입니다. 그게 문제라고요! 거꾸로 감옥이 이상하게 변해버린 탓에, 저는 하트 여왕님의 연회에서 박자를 틀렸습니다. 틀릴 수밖에 없었어요. 제 의지와는 상관없이 목소리가 튀어나가버렸다고요! 제가 재판에서 '유죄' 판정을 받았기 때문입니다. 거꾸로 감옥이 그렇게 이상하게 변한 걸 알았다면 어떻게든 무죄를 받기 위해 노력했을 겁니다. 박자를 틀린 충격 때문에 저는 제정신이 되어버렸습니다. 더 이상 매드 해터 Mad Hatter가 아니게 되었다고요. 미친 모자 장수가 아닌 제가, 그저 모자 장수가 되어버린 제가 이곳에 있을 이유가 있는 걸까요? 어쩌면 저는 금방이라도 이 세계에서 지워질지도 모릅니다. 매일 그 생각을 하면, 무서워서 견딜 수가 없어요.

*

[메모 2]
두 번째 증언. 잡화점의 늙은 양

뭘 살 거니? 원하는 게 있으면 뭐든 봐도 좋아. 그러
나 네가 선반의 물건을 집고 싶다고 해서 집을 수 있을
거라고는 생각하지 마.

트위들덤? 말도 마. 스콘에 대해 어찌나 불평을 하는
지 치가 떨릴 정도야. 아무리 불평을 해도 소용없다고
몇 번이고 말해줬지. 개구리네 집 옆에 스콘 가족이 이
사를 왔단 말이야. 플레인 스콘, 얼 그레이 스콘, 클로티
드 크림과 딸기잼 스콘, 초코 스콘, 버터 스콘까지 대가
족이야. 가게에 들여놓을 수 있는 스콘 중에 그 가족들
을 제외하면 건포도 스콘밖에 남지 않아. 그렇다고 우
리의 이웃을 먹을 수는 없는 노릇이잖아. 푸딩, 자네가
멋을 부린다고 온몸에 건포도를 박아 넣은 이후로 주민
들이 크리스마스에도 플럼 푸딩을 먹지 않는 것과 같은

이치지. 트위들덤도 그걸 모르지 않을 텐데 이번에는 왜 자꾸 그러는지 모르겠어. 단골손님이니 싫은 소리를 할 수도 없고.

나와 트위들덤의 관계? 단골이라니깐. 쌍둥이 중 식료품을 사러 오는 건 언제나 트위들덤이야. 트위들디는 잘 오지 않아. 그 쌍둥이가 사이가 나쁘냐고? 예전에는 나빴지. 예전에 트위들덤이 트위들디가 자신의 딸랑이를 망가뜨렸다고 오해했거든. 하지만 쌍둥이에게 새 딸랑이가 생긴 이후로는 사이좋게 지내고 있어. 그런데 왜 트위들덤만 장을 보러 오냐고? 그야, 쌍둥이 중 음식을 먹는 건 트위들덤뿐이니깐. 트위들디는 먹지 않아. 음식을 베어 물었을 때 좌우대칭이 되지 않는 게 싫다나. 거울나라의 주민은 먹지 않으면 오히려 배가 고프지 않으니깐 별로 상관은 없지.

그에 반해 트위들덤은 엄청난 먹보야. 이 가게는 요일마다 파는 물건이 정해져 있지. 월요일에는 닭고기, 화요일에는 양파 수프, 수요일에는 요크셔 푸딩, 목요일에는 스콘, 금요일에는 피시 앤 칩스, 토요일에는 스

카치 에그, 일요일에는 장어 젤리를 팔지. 트위들덤은 매일 들러서 그것들을 양손 가득 사 가지. 장어 젤리까지도! 요즘은 목요일에는 오지 않지만 말이야. 스콘 가족이 이사 오기 전까지는 목요일에도 왔었어. 일주일 내내 왔지.

푸딩? 푸딩은 당연히 잔뜩 사 가지. 못 들었나? 장어 젤리도 맛있게 먹는 먹보라니깐. 요크셔 푸딩만 파는 게 아쉽다고 투덜거린 적도 있어. 더 다양한 푸딩을 먹어보고 싶다며 입맛을 다시더군.

달걀을 사겠다고? 자. 하나에 5펜스. 두 개엔 2펜스야. 두 개가 하나보다 싼 건 당연한 거지. 여기는 거울 나라니깐. 달걀이라고 하니 기억난 건데, 험프티 덤프티가 트위들덤과 아주 사이가 나쁘지. 트위들덤은 먹보라서 달걀도 엄청나게 먹어치우니깐 험프티 덤프티가 기분 나쁠 만도 하잖아? 험프티 덤프티, 자기는 아니라고 하지만 그 민숭민숭한 흰 껍질은 누가 봐도 달걀이잖아. 트위들덤을 거꾸로 감옥에 고발한 사람이 험프티 덤프티라는 소문도 돌더군.

*

[메모 3]

세 번째 증언. 벽 위에 앉은 험프티 덤프티

달걀이 아니야! 달걀이라고 부르다니, 세상에. 푸딩은 원래 생각이 짧다지만 말이지.

너, 네 이름은 뭐고 무엇 때문에 왔지? 들어나 보도록 하지. 트위들덤이 거꾸로 감옥에 갇힌 사건? 물론 알고 있지. 이번에도 유죄 판정이 나면 진짜로 범죄가 일어나게 될지, 모두가 주목하고 있다고. 트위들덤이 푸딩을 살해하지 않을 확실한 증거가 없으면, 웬만하면 유죄를 선언할 거라는 소문이야. 거꾸로 감옥이 여전히 이상한지 확인할 방법이 그것밖에 없잖아. 이봐. 푸딩. 벌벌 떨지 마. 고작해야 먹히는 것뿐이잖아. 의연하게 대처하라고.

내가 트위들덤을 고발한 게 아니냐고? 아니야. 트위들덤과 내 사이가 나쁘다는 건 헛소문이야. 트위들덤이 달걀을 좋아한다고 해서 내가 기분 나쁠 이유가 뭐가 있겠어. 난 달걀이 아니라고. 고작 그런 이유로 고발을 할 리가 없잖아.

예전에야 거울 나라의 주민들끼리 사소한 일로도 죄목을 꾸며내서 거꾸로 감옥에 고발하곤 했지. 감옥에 갇혀봤자 일주일이잖아. 게다가 그 감옥은 내 집보다도 시설이 좋아. 여름에 너무 더워서 벽 위에 앉아 있는 것만으로 익어버릴 것 같은 때면 차라리 감옥에 들어가는 게 낫겠다 싶어서 친구들에게 고발 좀 해달라고 부탁한 적도 있을 정도라고.

하지만 이젠 아니야. 재판에서 유죄가 판정되면 범죄가 현실이 되어버리게 된 이후부터는 함부로 고발하는 사람은 없어. 예외가 있다면 하트 여왕님 정도일까. 하트 여왕님이야 툭하면 목을 잘라라, 감옥에 데려가라, 재판에 넘겨라 외쳐대니깐. 트위들덤을 고발한 것도 하트 여왕님 아니겠어?

아니면 뭐…. 글쎄. 누굴까. 하여간 난 아니야. 정말로. 내가 한 짓이라면 지금 당장 이 벽에서 떨어져서 깨

져도 좋아. 달걀에게는 자살행위나 마찬가지라고. 그건.

아니. 아니야. 나는 달걀이 아니라니깐.

"이걸 어쩌면 좋아?"

푸딩의 팔이 아래로 축 처졌다. 아린은 수첩을 곰곰이 들여다보았다.

'트위들덤을 고발한 자는 누구일까? 미친 모자 장수? 늙은 양? 험프티 덤프티? 아니면 정말로 하트 여왕일까?'

상황에 맞지 않는 대사가 극 중간에 툭 끼어들었을 때처럼, 무언가 걸렸다.

"이봐. 앨리스. 어떻게 할 거야? 누가 트위들덤을 고발했는지 도저히 알 수가 없잖아! 게다가 트위들덤이 푸딩을 싫어한다는 증언은커녕, 다양한 푸딩을 먹어보고 싶었다는 말까지 나왔다고! 그 증언을 재판에 제출했다가는 바로 유죄 판정이 나올 거야. 트위들덤이 나를 먹고 싶어 했다는 증거가 될 테니깐 말이야. 혹시 늙은 양이 재판장에 나와 그 말을 하면 어떻게 하지? 이젠 다 끝났어. 난 살해당할 거야. 먹힐 거라고!"

"진정해. 한 군데 더 갈 곳이 있어."

"어디?"

"트위들디. 트위들덤의 쌍둥이를 만나보고 싶어."

"걔를? 트위들디의 집에 가는 건 영 내키지 않는데. 그 녀석은 결벽증이야. 물론 거울 나라의 주민은 누구든 좌우대칭을 사랑하지. 하지만 그 녀석은 정도가 심해. 집에 찾아온 손님조차 완벽한 좌우대칭이기를 바란다고. 게다가 트위들디는 제대로 된 말을 거의 안 해. 트위들덤이 하는 말을 따라 하거나, 쓸데없이 긴 시를 외우거나 투덜거리거나 할 뿐이라고. 만나봤자 별 도움이 안 될 거야."

"그래도 만나봐야 해. 앞장서."

아린의 재촉에 푸딩은 힘없는 발걸음으로 앞장서 걸었다. 어찌나 힘없이 걷는지 저러다가 몸에 박힌 건포도가 눈물처럼 쏟아져 내리는 건 아닐까 싶을 정도였다. 푸딩이 무척 느릿하게 걸은 탓에 트위들디의 집까지는 눈 깜짝할 사이에 도착했다. 삼각형 지붕을 이고 있는 벽돌집은 현관문을 중심으로 좌우가 반전된 그림이 그려져 있었다. 푸딩이 문을 두드리자 문이 빠끔히 열렸다. 문틈으로 둥그렇고 매끈한 얼굴이 보였다.

"이봐. 문 열어."

"싫어."

"앨리스가 너와 이야기하고 싶어 해. 앨리스를 거절할 순 없어. 그건 거울 나라의 누구도 할 수 없는 일이야!"

트위들디는 푸딩의 뒤쪽에 선 아린을 힐끔 보고는, 내키지 않는 듯 둥그런 눈을 데굴데굴 굴리다가 결국 문을 열었다.

"이번 앨리스는 좀 크네. 저렇게 큰 앨리스가 여왕이 되었다간 왕관이 맞지 않을 거야."

트위들디는 투덜거리며 푸딩과 아린을 거실로 안내했다. 거실로 들어서던 아린의 발끝에 구겨진 종이 뭉치가 툭, 채였다. 주변을 살펴보니 종이 뭉치가 문 옆 쓰레기통에 넘치도록 쌓여 있었다. 아린은 그중 하나를 집어 들었다.

'이 옷의 좋은 점을 하나 찾아냈군. 치마가 워낙 풍성

하다는 거.'

아린은 치마 주름 단 사이에 손을 넣고 꼬물꼬물, 트
위들디 몰래 쪽지를 펴 보았다. 종이 가장 아래 찍힌 붉
은 도장을 본 아린은, 트위들디의 집을 방문한 목적을
바꾸어야 함을 깨달았다. 아린은 종이를 치마 주머니에
넣었다.

"트위들덤의 재판 때문에 온 거라면 난 할 말 없어.
나는 아무것도 모른다고."

트위들디가 그 말만 중얼거리는 동안, 아린은 거실
안을 유심히 살펴보았다. 거실은 난로를 중심으로 양쪽
이 좌우대칭을 이루며 똑같이 꾸며져 있었다. 오른쪽에
는 오른쪽을 바라보며 서 있는 트위들덤의 초상화가,
왼쪽에는 왼쪽을 바라보며 서 있는 트위들디의 초상화
가 걸려 있었고 책과 촛대, 행운의 토끼 앞발 장식품까
지 옆이 옆을 거울로 비춘 풍경을 재현한 듯 보였다.

"트위들디. 트위들덤이 푸딩 먹는 걸 좋아하나?"

"푸딩 먹는 걸 좋아하지."

트위들디는 아린의 말끝을 따라하듯 대답했다. 성의

없는 대답이었지만 그 순간 아린에게 중요한 것은 트위들디의 대답이 아니었기에, 그것은 어찌 되었든 좋은 문제였다. 트위들디에게 질문을 던지는 순간에도 아린의 눈은 난로의 양쪽 옆에 놓인 물건들을 하나씩 비교하기에 바빴다.

"…트위들덤은 푸딩을 아주 좋아해. 좋아하고 말고. 푸딩, 너를 보고 맛있어 보인다고 말한 적도 있어. 이건 진짜야. 검은 체스의 왕이 꾸는 꿈만큼이나 진짜고 말고."

아린이 자신의 대답에 아무런 반응도 보이지 않자, 트위들디는 다급히 말을 이었다. 다른 그림 찾기라도 하듯 물건을 하나하나 비교하던 아린의 시선이 한 곳에 고정되었다. 트위들디의 초상화가 있는 쪽에 놓인 빨강과 노랑, 초록색의 나무 구슬로 만들어진 딸랑이였다. 트위들덤의 초상화가 걸린 쪽에는 그것이 없었다.

"트위들덤의 딸랑이는 어디 갔어?"

아린이 불쑥 묻자, 트위들디의 이마에서 땀이 녹은 촛농처럼 한 방울 죽 흘러내렸다.

"망가뜨렸지. 내가. 트위들디는 원래 트위들덤의 딸랑이를 망가뜨리는 거야. 우리 쌍둥이의 싸움은 유명해. 노래로도 만들어졌지."

"거짓말 하지 마. 너는 앨리스에게 새 딸랑이를 받는 대신에 더 이상 트위들덤의 딸랑이를 망가뜨리지 않기로 약속했잖아. 그 앨리스는 여덟 번째 칸을 뛰어넘은 두 번째 앨리스야. 그러니깐 너는 그 약속을 어기지 못해."

트위들디의 눈동자가 위아래로 마구 요동쳤다.

"뭐? 네가 그걸 어떻게 알지? 새로 온 앨리스가? 아니지. 이게 아니야. 트위들덤이 시킨 대로 말해야 해. 거짓말이 아니야. 딸랑이는 망가졌어! 내가 망가트렸어. 나는 더 이상 할 말 없어. 자, 이 집에서 나가! 얼른!"

트위들디는 아린과 푸딩의 등을 현관문 밖으로 마구 떠밀었다. 아린은 순순히 집 밖으로 밀려 나왔다. 트위들디는 쾅 소리가 나게 문을 닫았고, 푸딩은 아린의 옆에서 털썩 주저앉았다.

"이젠 다 틀렸어. 들었어? 트위들덤이 나를 보고 맛있어 보인다고 했대! 그 자식, 진짜로 나를 먹으려고 했던 거 아냐? 난 죽어! 죽을 거라고!"

푸딩이 자신의 머리를 끌어안고 몸부림치자 푸딩의 안에 박혀 있던 건포도가 눈물처럼 사방에 떨어졌다. 아린은 허리를 굽혀 땅에 떨어진 건포도를 주워 손바닥에 담았다. 소복이 쌓일 정도로 양이 제법 되었다.

"그만 주접 부리고 일어나. 건포도 다 떨어지겠다."

"…도로 박으면 돼. 앨리스. 넌 왜 그렇게 태평해? 남의 일이다 이거지? 내가 죽으면 아무도 널 원래 세계로 돌려보내주지 않을 거야. 어떻게든 이곳에 남게 해서 여덟 번째 칸을 건너게 만들려 할걸? 그 칸을 넘으면 여왕이 되어야 해! 까만 머리카락의 앨리스가 여덟 번째 칸을 넘은 후 많은 시간이 흘렀어. 그 앨리스는 돌아오지 않았고, 여왕의 자리는 너무 오래 비워진 채야. 균형이 깨지고 있어. 그건…."

아린은 푸딩의 넋두리를 듣다가 뚝, 말허리를 잘랐다.

"누가 남의 일이래? 필요한 정보는 다 모았어. 집에

돌아가자. 푹 쉬면서 내일 재판을 기다리자고. 좀 준비해야 할 것도 있고. 집에 요크셔 푸딩 있지?"

"푸딩? 세상에. 이 와중에 배가 고프다는 거야?"

"일어나. 빨리. 안 그러면 정말 도와주지 않을 거니깐."

아린이 엄포를 놓자, 푸딩은 불만 가득한 표정으로 몸을 일으켰다. 푸딩은 발끝을 질질 끌며 트위들디의 집에 갈 때보다도 느리게 걸었고, 덕분에 아린은 눈을 두어 번 깜짝했을 뿐인데 푸딩의 집에 도착할 수 있었다. 아린은 푸딩의 집에 들어가자마자 주방을 뒤져 요크셔 푸딩을 꺼냈다. 그러는 동안 푸딩은 힘없이 난로 앞에 앉아 난로 속으로 장작을 던져 넣으며 웅얼웅얼, 독백과도 같은 혼잣말을 중얼거렸다.

"험프티 덤프티. 그놈도 수상해. 바람이 불 때마다 뒤로 넘어진다 어쩐다 소란스럽게 굴길래 한마디 한 적이 있거든. 그래. 그거에 앙심을 품고 트위들덤을 고발한 거야. 사이가 안 좋은 두 명을 한 번에 혼낼 수 있는 기회잖아. 나쁜 놈들. 자기들이 한 잘못은 생각도 못 하고."

　아린은 장작 옆에 굴러다니는 빨강과 노랑의 나무 공을 물끄러미 바라보았다.

　'그러게. 자기가 한 잘못은 생각하지도 않고.'

　아린은 그 말을 입 밖으로 내진 않았다. 그랬다가 푸딩이 흥분하면 또다시 건포도를 한 움큼 쏟아낼지도 몰랐다. 그랬다가는 플럼 푸딩이 아닌 그냥 빵 푸딩이 되어버릴 터였다.

　'그건 안 될 일이지.'

　푸딩은 적어도 내일까지는 플럼 푸딩으로 있어야만 했다.

하얀 왕은 가발 위에 왕관을 쓰고 판사석에 불편하게 앉아 있었다. 배심원석에 앉은 열두 마리의 동물들은 석판에 바쁘게 무언가를 쓰고 있었다. 트위들덤은 카드 병사의 감시를 받으며 배심원들 앞에 서 있었다.

"그럼 선고를 내리고 평결을 듣도록 하지."

하얀 왕 옆에 서 있던 심부름꾼이 들고 있던 양피지를 폈다. 아린은 다급히 앞으로 나섰다. 누가 거울 나라의 재판 아니랄까 봐 대뜸 선고라니. 이럴 거면 대체 배심원은 뭘 저렇게 열심히 쓰고 있는 걸까 생각하며 아린은 손에 들고 있던 종이를 심부름꾼에게 건넸다.

"트위들덤의 범죄에 대한 증거입니다."

심부름꾼은 아린의 손에서 종이를 가져가 하얀 왕에게 전달했다. 하얀 왕은 종이를 들여다보곤 고개를 끄덕였다.

"증인을 불러올 필요도 없겠군. 여기 쓰인 증언에 의하면 트위들덤은 푸딩을 아주 좋아해. 푸딩을 살해할 명백한 동기가 있는 셈이지. 그러니 트위들덤은….”

“잠시만요. 제가 제시한 증거가 진짜라는 걸 어떻게
믿죠?”

아린이 말꼬리를 자르자, 하얀 왕은 팔짱을 끼고 잔
뜩 찌푸린 얼굴로 아린을 보았다.

“그걸 증명하는 건 네 일이다.”

“물론입니다. 그래서 저는 이것을 가져왔습니다. 위
대하신 왕이자 판사님. 트위들덤이 배심원들 앞에서 이
푸딩을 남김없이 먹는 모습을 보인다면, 그보다 더 한
증거가 있을까요.”

아린은 발아래 두었던 쟁반을 꺼내 들고 트위들덤의
앞으로 향했다. 쟁반에는 요크셔 푸딩이 한가득 담겨
있었다. 트위들덤은 푸딩을 보자 반색하며 쟁반을 받아
들었다. 그러나 포크를 집어 들고 푸딩을 반으로 가르
자마자, 트위들덤의 표정이 급격히 어두워졌다.

“어서 먹거라!”

하얀 왕이 재촉했다.

“유죄를 선고받기 싫어서 일부러 먹지 않으면, 그 또

한 죄가 된다는 것을 명심해라."

하얀 왕의 엄포의 트위들덤은 스푼 가득 푸딩을 떠 입으로 가져갔다. 트위들덤은 보란 듯이 입을 크게 벌렸지만, 스푼을 입 안에 넣지 못했다. 스푼을 든 손이 부들부들 떨렸다.

"어서!"

"못 먹어! 이건 요크셔 푸딩이 아니야. 건포도가 든 요크셔 푸딩이라니! 건포도라니. 이 벌레처럼 생긴 걸 대체 어떻게 먹는다는 거지? 보기만 해도 소름 돋아! 난 이제까지 살면서 건포도를 먹은 적이 한 번도 없다고! 앞으로도 먹을 생각이 없어!"

하얀 왕의 재촉과 트위들덤의 고함소리가 동시에 법정 안에 울려 퍼졌다. 트위들덤은 새빨개진 얼굴로 쟁반을 집어 던졌다. 쟁반이 바닥에 부딪히는 요란한 소리와 함께, 푸딩이 바닥에 흩어졌다. 바닥에 널브러진 요크셔 푸딩 안에는 건포도가 한가득 들어 있었다.

"건포도를 보기만 해도 소름이 돋는다고?"

하얀 왕이 의아한 듯 물었다. 하얀 왕과 열두 명 배심원의 시선이 원고석에 앉아 있는 푸딩에게로 쏠렸다. 법정에 나오기 위해 한껏 치장을 한 푸딩의 몸에는 건포도가 빼곡히 박혀 있었다.

"건포도를 못 먹는데 어떻게 플럼 푸딩을 살해한다는 거야?"

"앞으로도 먹을 생각이 없다고 말했잖아."

배심원들 사이에서 웅성거림이 일어났다.

"조용!"

하얀 왕이 손에 들고 있던 종이를 말아서는 탕탕 판사석을 내리쳤다.

"선고! 무죄!"

하얀 왕은 단호하게 외쳤고, 배심원들은 박수 쳤다.

"됐어! 앨리스. 해냈다고! 난 이젠 살았어!"

선고가 내려지자 푸딩은 두 손을 번쩍 들고 만세를 불렀고, 트위들덤은 고개를 푹 숙였다. 배심원들은 석판을 내려놓고, 하얀 왕은 가발을 벗기 위해 머리 위로 손을 뻗었다. 재판은 끝났다. 아린이 법정 안을 껑충껑충 뛰어다니며 춤을 추는 푸딩을 부르려 할 때였다. 트위들덤이 고개를 번쩍 들고 외쳤다.

"무효야! 이건 함정 수사라고. 내가 푸딩을 잘 먹는다는 건 누구든 알아! 그걸 굳이 건포도 푸딩을 먹여서 증명하라고 한 이유가 뭐야? 함정이야. 함정이고 말고. 이런 비겁한 수법은 신성한 법정을 더럽히는 짓이야. 무효야! 재판을 다시 해야 한다고!"

아린은 자신을 노려보는 트위들덤을 마주 보며 혀를 찼다.

'신성하기는 무슨. 일단 감옥에 가두고 시작한다는 점에서 이미 엉망이잖아.'

하지만 그렇게 말할 수는 없었다. 하얀 왕이 아직 법정을 나가지 않고 있었다. 하얀 왕은 트위들덤의 말이 신경 쓰이는지, 손에 든 가발을 힐끔힐끔 바라봤다. 자칫하면 다시 재판이 벌어질 참이었다.

'그건 절대 안 돼. 그랬다가는 정말로 첫 공연 시간에 맞출 수가 없어.'

무명 연극배우가 펑크를, 그것도 대타로 주연을 맡은 공연을 펑크를 내다니. 그건 앞으로 어떠한 배역도 맡지 못할 수도 있는 위험천만한 일이었다.

"트위들덤. 너야말로 신성한 법정을 더럽히려고 했잖아. 트위들디에게 네가 푸딩을 보고 맛있어 보인다고 했었다고, 그렇게 말하라고 시켰지? 건포도를 싫어하는 네가 푸딩을 먹고 싶어 했을 리가 없어."

트위들덤은 건포도를 싫어하는 것은 아닐까. 아린이 이런 의심을 하게 된 것은 미친 모자 장수를 만나 연회 장면을 그린 그림을 보았을 때였다. 모든 음식을 깔끔하게 먹어치운 트위들덤이 유일하게 먹지 않은 건포도 스콘. 그 의심은 늙은 양의 가게에서 확신이 되었다. 스콘 가족이 오기 전까지는 목요일에도 가게에 왔다는 것은, 이전에는 스콘을 먹었다는 뜻이었다.

즉 트위들덤은 스콘 그 자체를 싫어하는 것이 아니라 '건포도 스콘'을 싫어하는 것이다. 트위들디를 만나려 했던 건, 트위들덤이 얼마나 건포도를 싫어하는지 물어보기 위해서였다. 다른 음식이 있으면 입에 대지 않지만 다른 먹을 게 없으면 먹을 수 있는 정도인지, 아니면 무슨 일이 있어도 먹지 않는 정도인지. 그에 따라서 수

집한 증언의 어느 부분을 강조할지가 달라져야 할 터였다.

"트위들덤, 너와 트위들디의 집에 이런 게 있었어. 이게 뭔지 알겠지?"

아린은 앞치마에 넣어두었던 종이를 꺼내 보였다. 트위들디의 집에서 가지고 나온 종이뭉치였다. 붉은 도장이 찍힌 종이를 보자, 트위들덤의 표정이 눈에 띄게 굳었다. 법정을 한 바퀴 빙 돌아 춤을 추고 제자리로 돌아온 푸딩이, 아린의 옆으로 다가와 종이를 들여다보았다.

"이건 고발장이잖아. 거꾸로 재판에 고발할 사람을 적어서 제출하는 종이. 아무것도 안 쓰여 있는 걸 왜 가지고 있어?"

"아무것도 안 쓰여 있는 건 아니야. 봐. 여기 위쪽에 고발인 칸 옆에 트위들디의 이름이 쓰여 있잖아. 피고발인 옆에는 트위들덤의 이름이 쓰여 있고. 트위들덤의 '덤' 이 글자, 받침 부분을 봐. 한쪽이 찌그러져 보이잖아. 트위들디는 결벽증이 있다고 했지? 받침이 양쪽으로 완벽한 좌우대칭이 될 때까지 고발장을 몇 장이고 고쳐 쓴 거야. 이것도 쓰다가 버린 거고. 그래서 내용은 하나도 적혀 있지 않은 거지."

"그럼 트위들디가 트위들덤을 고발했다는 거야? 자기 쌍둥이 형을? 게다가 유죄를 받도록 거짓 증언까지 했다고? 도대체 왜?"

푸딩이 믿을 수 없다는 듯 고개를 가로저었고, 트위들덤의 이마에서는 눅진한 땀방울이 흘러내렸다. 아린은 트위들디의 집에서 보았던 벽난로 근처 풍경을 떠올렸다. 하나밖에 없던 딸랑이. 이유는 분명했다.

"푸딩, 너를 죽이고 싶었지만 트위들덤은 건포도를 싫어하기 때문이지. 모자 장수가 그랬지. 홍학 토막 사건 때, 기사가 아무것도 하지 않았는데도 홍학의 목이 떨어졌다고. 유죄를 받으면 범인이 아무 행동을 하지 않아도 그 범죄는 반드시 일어난다고 말이야. 그 말인 즉슨, 유죄 선고를 받으면 트위들덤이 너를 먹지 않아도 어떤 형태로든 너는 죽는다는 뜻이야."

어떤 죄를 지어도 미리 벌을 받기에 최고형이라 해도

감옥에 일주일만 갇혀 있으면 된다. 게다가 거꾸로 감옥이 오류를 일으키면서 자신의 손을 더럽히지 않아도 누군가를 죽일 수 있게 되었다. 그럼에도 일 년여간 아무도 이를 이용해 살인 사건을 계획하지 않은 것은, 이곳이 이상한 나라이기 때문이다. 사자와 유니콘이 싸워도 건포도 케이크와 북만 있으면 곧 모두가 다시 행복해지는 세상. 원더랜드의 주민들은 거침없이 말했고, 행동했다. 자신의 속마음을 거울에 비추듯 온몸으로 드러냈고, 그랬기에 미움도 악의가 되기 전에 세상 밖으로 튀어나와 데굴데굴 구르다가 사라졌다. 설령 누군가와 싸웠더라도 이름들이 없는 숲에 잠깐 들어갔다가 나오면 자기가 누구인지, 싸운 상대가 누구였는지조차 잊어버릴 터였다.

하지만 트위들덤은 악의를 품었다.

"이 모든 게 계획된 일이었다고? 대체 왜! 내가 뭘 잘못했다고!"

푸딩이 부르짖으며 트위들덤의 멱살을 움켜쥐었다. 트위들덤은 입을 꾹 다문 채 푸딩을 노려볼 뿐이었다.

아린은 빵이 타버릴 듯 붉게 변한 푸딩의 얼굴을 빤히 바라보다가 불쑥 말했다.

"진짜 잘못한 게 없어?"

"없어!"

"딸랑이."

흠칫. 트위들덤의 멱살을 움켜잡고 마구 흔들던 푸딩의 움직임이 일순 멈췄다. 트위들덤은 그 순간을 놓치지 않고 푸딩의 손을 쳐냈다. 푸딩의 눈동자가 지진이라도 일어난 듯 위아래로 마구 흔들렸다.

"아무리 시끄러워도 남의 딸랑이를 부수면 안 되지."

"무, 무슨 소리야. 난 그런 적 없어."

"너희 집 장작 쌓아놓는 곳에 빨강하고 파랑, 초록색 나무공이 굴러다니던데. 그거, 트위들덤의 딸랑이에 끼워져 있던 거잖아. 거울 나라에 그런 색깔 있는 나무 공은 오직 트위들덤, 트위들디의 딸랑이에만 있을 텐데."

자리를 떠나지 않고 앉아 아린과 푸딩, 트위들덤의 대화를 듣고 있던 배심원들 사이에서 요란한 탄성이 터져 나왔다.

"딸랑이를 부수다니. 너무하네!"

"트위들덤 쌍둥이가 그 딸랑이를 얼마나 아꼈는데."

"검은 머리 앨리스가 주고 간 선물이었잖아."

"두 번째 여왕이 되었던 그 앨리스."

"앨리스가 살던 곳에서 가져온 거라고 했어. 그렇게 예쁜 색을 가진 나무공은 이곳에는 없지."

"푸딩은 여왕이 트위들덤에게 하사한 물건을 부순 거라고!"

웅성거림이 커질수록 푸딩의 눈동자는 더욱 심하게 흔들렸고 얼굴은 타오를 듯 붉게 달아올랐다.

"이게 무슨 냄새지? 빵이 타는 냄새가⋯."

아린은 미간을 찌푸리며 코를 킁킁거렸다. 그 순간 푸딩이 비명을 지르며 법정 밖으로 뛰쳐나갔다. 부끄러움에 달아오르던 푸딩의 얼굴이 타버린 모양이었다.

"⋯새로 온 앨리스가 어떻게 딸랑이의 공 색깔을 알고 있는 거지?"

삐뚤어진 나비넥타이를 고쳐 매던 트위들덤이 의구심이 가득 찬 눈빛으로 아린을 봤다. 아린이 대답을 해야 할까 고민하는 찰나, 하얀 왕이 외쳤다.

"폐정! 이 재판은 끝났다. 혹시라도 트위들덤에게 유죄를 선고했다간 나도 모르는 사이에 공범이 될 뻔했군. 무서워. 무서운 일이야."

아린은 법정을 떠나려는 하얀 왕의 앞을 다급히 막아섰다.

"왕이시여. 저를 돌려보내주십시오."

하얀 왕의 눈썹이 아래로 축 처졌다.

"이번 앨리스도 떠나는군. 여덟 번째 칸을 넘어주면 좋을 텐데."

"빨리요. 진짜 급하거든요."

"뭐가 그렇게 급해?"

"오늘 오후 두 시까지 돌아가야만 한다고요!"

하얀 왕이 손에 들고 있던 가발을 법정 바닥에 던지자, 바닥이 체스판 무늬로 바뀌었다.

"걱정 말아라. 거울 나라의 내일은 앨리스 세계의 어제니깐. 오늘의 내일이 내일의 어제가 되는 것이지. 네가 처음 왔던 곳에서 이동한 것은 결국 이동하지 않은 것이 되는 거고. 너는 이곳에 왔던 그 시간 그 장소로 돌아가게 될 거다.”

아린이 서 있는 바닥의 희고 검은 무늬가 뒤섞이며 소용돌이쳤다. 하얀 왕의 등 뒤에서 트위들덤이 폴짝폴짝 뛰며 소리쳤다.

“대답해. 앨리스! 어떻게 알았냐고!”

트위들덤의 목소리는 곧 뿔뿔이 흩어져 사라졌다. 바닥이 사라졌고, 아린은 끊임없이 아래로 떨어져 내렸다. 높이 올라갔다가 아래로 곤두박질치는 놀이기구에 탄 듯, 무거운 공기의 흐름이 아린의 몸을 끌어내렸다. 입고 있는 앨리스 의상의 리본 끈이 나비의 날갯짓처럼 아린의 눈앞에서 너풀거렸다. 아린은 팔다리를 버둥거리다 리본 끈의 끝자락을 움켜잡았다.

움켜쥔 것은 은박지로 싼 김밥 끄트머리였다.

"아린 씨. 뭐 해요? 김밥 안 먹어? 왜 김밥을 들고 보고만 있어. 곧 있으면 리허설 시작해요."

극단 단원이 툭, 아린의 어깨를 쳤다. 아린은 두어 번 눈을 깜빡거렸다. 아린은 무대 뒤쪽, 소품 상자가 잔뜩 쌓인 공간 한쪽에 앉아 있었다.

"빨리 먹고 나와요. 꾸물거리지 말고."

"예. 나갈게요. 먼저 가 계세요."

단원이 무대 앞쪽으로 사라지고, 혼자 남은 아린은 김밥을 내려놓고 비닐봉지에서 푸딩을 꺼냈다. 밀가루와 기름이 기본이 되는 플럼 푸딩이나 요크셔 푸딩과는 완전히 다른, 밀가루가 아예 사용되지 않는 커스터드 푸딩이다.

유럽에서 최초로 등장한 푸딩은 16세기에 피를 굳혀 만든 블랙 푸딩이었고, 빵과 비슷한 요크셔 푸딩이나 플럼 푸딩이 나타난 것은 17, 18세기에 들어서였다. 커스터드와 초콜릿 맛이 나는 디저트가 된 것은 그로부터 한 세기가 더 지난 후였다. 푸딩은 어딘가에서는 푸딩이 아닌 다른 이름으로 불리기도 한다. 터키에서는 젤라틴을 사용하지 않고 쌀과 설탕, 우유로 만드는 슈틀라치가 있고 이탈리아에는 판나코타가 있다. 한국과 일본에서는 커스터드 푸딩과 플랑Flan을 혼용해서 사용하기도 한다. 이렇듯 음식의 이름과 형태가 바뀌듯이 언제인가, 어디인가에 따라 모든 것은 변한다.

'푸딩도 이렇게 변해왔는데 말이야. 그 이상한 나라는 잘 변하지를 않아. 아무리 시간이 흘러도 나이를 먹지도 않고. 그곳의 주민들은 늘 그대로지. 그래서인가. 나를 알아보지 못하는 건.'

그들은 생각하지 못한다. 아이는 언젠가 어른이 되고, 어른이 된 아이는 겉모습이 변한다는 것을.

어렸던 앨리스도 어른이 되었다.

아린은 어릴 적 플럼 푸딩을 먹을 때마다 방문했던 이상하고도 즐거운 세계를 떠올렸다. 부모님의 이혼 이야기가 오고 가던 때였다. 흔들리던 아린의 세계를 지

탱해준 것은 할머니의 거짓말과 앨리스 동화책이었다. 할머니는 동화책을 읽어주며 말했다.

"이상하지. 이상하지만 즐거운 이야기지. 집 분위기가 이상하지? 곧 즐거워질 거란 뜻이란다."

아린은 그 말을 믿으려 했다. 부모님의 고함소리가 점점 커지던 어느 날, 할머니는 아린에게 앨리스 드레스를 선물로 사주었다. 아린은 드레스를 입고, 플럼 푸딩을 간식으로 먹었다. 그러고는 신발장에 달린 커다란 전신 거울 앞에서 드레스를 입고 빙글빙글 돌다가 거울 나라로 빨려 들어갔다. 하얀 여왕의 구겨진 망토를 펴주고, 말하는 꽃에게 간식을 가져다주었다. 세 번째 갔을 때에는 트위들덤과 트위들디가 누가 딸랑이를 망가뜨렸냐고 싸우고 있기에 집에 있던 고양이 딸랑이 두 개를 가져다주었고, 다섯 번째 갔을 때에는 여덟 번째 칸을 뛰어넘었다.

그것이 마지막이었다. 여덟 번째 칸을 뛰어넘은 날, 거울 나라의 주민들은 앨리스에게 여왕이 되라고 했다. 아린은 생각해보겠다고 말하곤 집으로 돌아왔다. 그날 아린의 부모님은 이혼했다. 아린은 거울 앞에 서서 말했다.

"안 즐거워. 너무 이상해서 하나도 안 즐거워."

아린은 그날 이후 다시는 앨리스 드레스를 입지 않았다.

'그래도 거꾸로 감옥이 오류를 일으킨 걸 보면 무언가 바뀌기 시작한 걸지도. 푸딩의 집도 모양새가 변했잖아. 그곳도 조금씩, 무언가 변하는 걸지도.'

책장을 넘기면 언제나 변하지 않는 세계가 있다. 그것은 아린에게 미묘한 안정감을 주었다. 현실이 악몽에 잡아먹히면 돌아갈 곳이 있다는 환상. 그 환상은 아린이 어른이 될 때까지 버티게 해준 버팀목이었다. 그 세계가 정말로 바뀐다면, 어떤 기분이 들까. 아린은 푸딩 뚜껑을 열었다.

'다른 건 몰라도, 그 촌스러운 왕관 디자인은 진짜 좀 바뀌어야 해. 나 이전에 여왕이 됐던 앨리스도 여왕 되자마자 도망쳤다고 했잖아. 그게 다 이유가 있는 거라고.'

아린은 앨리스 옷이 마냥 예쁘게만 보였던 어린 시절에도 보자마자 질겁했던 왕관을 떠올리며 푸딩을 한 입 크게 떠먹었다.

'결국 내가 앨리스였던 건 말을 못했어. 이번에도 거짓말을 한 셈이 되어버렸네.'

즐겁지 않다는 건 거짓말이었다. 어릴 적 갔던 원더랜드는 너무나 즐거웠다. 즐거워서 가서는 안 된다고 생각했다. 현실은 전혀 즐겁지 않으니깐, 다시 그곳으로 가면 다시는 돌아오지 않게 되리라는 막연한 예감이 들었던 것이다.

'그래도 이젠 돌아오려고 발버둥 칠 정도의 현실은 손에 넣었구나.'

어쩐지 어릴 적 먹었던 플럼 푸딩의 맛이 입안에 맴도는 듯했다.

처음 읽은 『이상한 나라의 앨리스』는 얇고 삽화가 가
득한 그림책이었습니다. 중학생이 되어서 후속 편으로
거울 나라가 있다는 것을 알았고, 고등학생 때 완역본
을 읽었습니다. 성인이 된 후에는 주석본을 샀지요. 읽
을 때마다 앨리스가 떠난 후의 원더랜드는 어떻게 되
었을까 궁금했습니다. 저의 글은 이 궁금증에서 시작된
내용입니다. 글을 쓸 때 주로 참고한 주석본은 마틴 가
드너 버전이며, 글 속 내용에 대해 몇 가지 정보를 밝히
자면 다음과 같습니다.

1) 『거울 나라의 앨리스』에는 '거꾸로 감옥'이란 용

어는 등장하지 않습니다. 제가 임의로 만들어낸 용어입니다. 그러나 거울 나라에서 감옥에 갇히는 과정은 원작 안에 등장합니다. 그곳에 갇힌 사람이 미친 모자 장수라는 사실도 삽화를 통해 알 수 있습니다. 미친 모자 장수의 죄목이 '박자를 맞추지 못한 죄'일수도 있다는 추정은 마틴 가드너의 주석에서 힌트를 가져왔습니다.

2) 모자 장수의 메모 중 '제시간에 일어나기 위해서는 침대를 기울여서라도 사람을 깨워야 하는 거라고요.' 이 부분은 모자 장수의 모델로 추정되는 테오필러스 카터가 '자명 침대'를 발명했다는 에피소드의 차용입니다.

3) 테니얼의 삽화 속 왕관은 사실 그다지 이상하지 않습니다. 나름 예쁩니다. 나름.

앨리스의 이야기가 영원히 이어지기를 바랍니다. 이 책에 함께할 수 있게 해주신 모든 분께 감사의 마음을 전합니다.

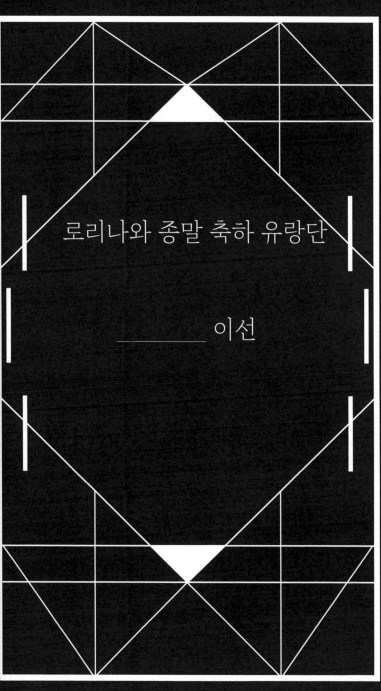

로리나와 종말 축하 유랑단

_____ 이선

1. 로리나와 로리

앨리스는 언니에게 이상한 모험들을 이야기하고 차를 마시러 달려가버렸다. 앨리스는 달콤한 버터 쿠키 한입에 이상한 이야기를 금방 잊어버리게 될 것이다.

로리나♦는 조용히 앉아 저무는 해를 바라보며 생각했

♦ 앨리스 실제 모델인 '앨리스 리델'의 언니 이름은 '로리나 리델'

다. 앨리스의 놀라운 모험들이 귀설지 않았다. 로리나가 읽고 있는 책 『세상의 끝에서 종말 축하 공연』에 나오는 이야기와 비슷했다. 로리나는 오후 산책 때마다 읽을 정도로 이 책을 좋아했다.

책에 따르면 한 행성의 종말이 가까워져 오면 세상의 끝에 저절로 원더랜드가 펼쳐지고, 우주 어딘가에서 **종말 축하 유랑단**이 찾아온다고 한다. 일종의 순회공연 같은 것이었다.

등장인물들은 앨리스의 이야기와 비슷하고도 달랐는데, 체셔 고양이가 아니라 체셔 강아지였고, 후작 부인이 아니라 남작 부인이었고, 3월의 토끼 대신 3월의 스컹크였다.

로리나는 서둘러 책을 찾았다. 결말을 보기 위해서였다. 그런데 방금 전까지 무릎 위에 얌전히 놓여 있던 책이 어디에도 보이지 않았다. 로리나는 지금까지 몇 번이고 책을 반복해서 읽었지만, 42장으로 구성된 이 책

이다.

의 42장은 한 번도 읽은 적이 없었다. 이상하게 결말 부분을 읽으려고만 하면 자꾸 방해되는 일들이 생겼고, 이번엔 앨리스였다.

"종말이라니 믿어지니?"

로리나는 일부러 큰 소리로 말했다. 물론 아무도 대답하지 않았다.

평소에 몸과 마음에 움직임이 거의 없는 로리나는 실로 간만에 열두 살 아이 특유의 흥분과 두려움을 느꼈다. 로리나는 다 큰 언니—부모님의 말에 따르면—로서 직접 '종말 축하 유랑단'에 대해 확인해보기로 결정했다.

"어디 한번 가볼까?"

주로 앉아 있는 것을 선호했던 로리나는 기지개를 길게 한 번 켜고 나서 일어섰다.

먼저 로리나는 앨리스가 어떻게 원더랜드로 갈 수 있었는지를 기억해보았다.

맞아. 앨리스는 글자만 있는 책이 지루하다고 말했어.

원래 로리나는 지루하다는 말은 스스로가 지루한 사람이나 하는 말이라고 생각했기 때문에 '지루하다'라는 말을 입에 올리지 않았지만, "책은 지루해"라고 말하고 나서 잠시 기다렸다.

하지만 마찬가지로 아무 일도 일어나지 않았다.

콧속이 시큰해지는 봄바람이 불어왔을 뿐이다.

"아. 지루해. 정말 지루하다고."

로리나는 다시 한 번 말했다. 그러자 정말로 지루해져버렸다. '그깟 지루한 책에 나오는 지루한 이야기를 믿는 거야?' 라는 생각까지 들 정도로 지루해졌다.

이게 아니야. 로리나는 고개를 크게 흔들고 다시 생각했다. 앨리스는 어느 방향으로 갔던 걸까? 사방을 둘러보았다. 그때 갑자기 좋은 생각이 났다. 로리나는 흰색 꽃을 감상하려고 하면서 꽃을 감상하려는 사람이라면 절대로 쳐다보지 않을 만한 쪽을 쳐다보았다. 그곳에 앵무새가 있었다.

정확히는 새끼손가락만 한 앵무새 인형이었다. 샛노란 털과 진노랑 부리를 가진 앵무새의 상체는 풍선처럼 부풀어 있었고, 하체는 바람 빠진 풍선 같았다. 하찮은 털 뭉치가 구르듯이 날아와서 로리나의 오른쪽 어깨에 앙증맞은 진홍색 발을 디뎠다.

"늦었어." 앵무새의 이름은 로리♦고, 로리는 로리나의 목덜미에 고개를 파묻으며 보푸라기처럼 속삭였다.

"네가 나타난 걸 보니, 종말 축하 유랑단은 진짜구나."

"공연을 보고 싶다면, 버섯을 먹어. 구역질 나는 맛이지만."

로리는 땅에 떨어져 있던 버섯♠ 조각을 부리로 가리키며 말했다.

"그 정도는 나도 읽고 들어서 알아."

"네가 모르는지 알았지. 너는 모르는 게 많아 보여."

♦ 루이스 캐롤은 로리나를 모델로 오스트리아산 앵무새 로리를 이야기에 잠깐 등장시켰다.
♠ 앨리스는 쐐기벌레에게서 받은 버섯으로 몸 크기를 조절했다.

로리는 원래 알고 지내던 인형처럼 친근하면서도 버릇없이 굴었다.

"공연은 언제 시작해?"

"이미 시작했고, 거의 끝나가. 끝나기 전에 들어가야 해. 서둘러."

로리는 앞장서서 나무 아래 구멍으로 날아 들어갔다.

로리나는 앵무새를 따라 들어갔다.

새로운 세상이 열리려는 것인지 닫히려는 것인지 알 수 없었다.

2. 시계 토끼와 삼월의 토끼[♦]

로리나는 원더랜드가 아닌 언더랜드라고 해야 맞는 거 아닐까 생각하면서 로리를 따라 지하 깊숙이 들어갔다. 한참을 내려가자 어둡고 좁고 기다란 길이 나왔다.

길 위에서는 **무대 접기**가 한참이었다.

가볍고 탄력 있는 천으로 만들어진 무대는 무늬가 화려한 양탄자처럼 생겼다. 가로 길이는 3미터 정도고, 세로 길이는 끝이 안 보일 정도로 길었다. 무대가 접힌 부분은 어둡고 축축한 동굴처럼 보였지만, 아직 접히지 않은 부분은 대낮처럼 환한 조명이 비치고 있었다.

시계 토끼와 삼월의 토끼는 무대의 양 끝에 서서 무대를 돌돌 말고 있었는데, 흐르는 땀을 손수건으로 닦고 부채질해가며 무대를 접는 데 애먹고 있었다.

이제 막 앨리스가 흘린 눈물로 만들어진 연못이 찰랑

[♦] 이상한 나라의 앨리스에 나오는 토끼는 원래 한 마리이다.

거리며 접히고 있었다. 짠물이 사방에 튀어서 여기저기서 비명이 들렸다. 배우들도 무대가 접히면서 따라 접혀 들어갔다. 생쥐는 참을 수 없다는 듯이 고개만 흔들고, 빠르게 기어 들어갔다. 나이 든 게 한 마리와 뾰로통한 어린 딸, 어미 카나리아 새와 아기 새들이 차례대로 말려 들어갔다.

"앨리스가 다시 왔어. 앙코르인가?"

시계 토끼는 로리나를 보자 말했다.

"우린 앙코르 못해."

삼월의 토끼가 말했다.

"맞아. 그게 이 공연의 단 하나의 약점이지. 그것말고는 완벽해."

시계 토끼는 자부심으로 대답했다.

"마침 공연이 완벽하게 끝나진 않았구나." 로리가 말했다.

"마침. 나는 마침이라는 단어를 좋아해. 공연을 마친다."

삼월의 토끼는 말했다.

"하루를 마친다." 시계 토끼가 말했고,

"삶을 마친다." 이어서 삼월의 토끼가 말했다.

"제일 좋아하는 건 '행성을 마친다'일 것 같은데. 아닌가?"

로리나는 두 마리의 토끼를 떠보기 위해 물었다.

"환영해. 앨리스. 아까도 봤지만, 또 봐도 환영해."

삼월의 토끼가 질문에 대답하지 않고 다른 말을 했다.

"환영하지 마. 환영받을 기분은 아니니까. 게다가 나는 앨리스도 아니야."

로리나는 대답했다.

"앨리스 잔인하네. 환영을 거부하다니."

두 마리의 토끼는 당혹감을 감추지 못했다. 그래서 무대를 접던 손짓을 잠시 멈추고 돌돌 말린 무대에 기대어 섰다.

"축하 공연 내용이 뭐야?" 로리나는 물었다.

"우리가 우리를 연기하는 거야." 시계 토끼가 대답했다.

"우리가 우리로 있다가 아차차차 우리는 우리를 연기하는 중이었지 하고 깨달을 정도로 우리는 우리 자신을 잘 연기해야 해."

3월의 토끼는 활짝 웃었다.

"똑같이, 마치 실제처럼 연기하면 할수록 더 큰 축하가 되어버린다고 할까?"

시계 토끼도 해맑게 웃었다.

"그런데 너희들은 남의 종말을 왜 축하하는 거야?"

로리나는 토끼들의 태평한 웃음에 왠지 모르게 화가 나서 쏘아붙였다.

"우주 차원에서는 축하할 만한 일이지. 시작은 더럽고, 끝은 깨끗하니까. 우주는 텅 빈 채로 있는 것을 선호해."

시계 토끼는 팔짱을 끼고 거만하게 말했다

"그리고 종말하니까 축하해준다기보다는 우리가 축하해주니까 종말하는 거야."

삼월의 토끼는 말했다.

"오히려 그래."

"신기해. 기특하고."

"기특?" 로리나가 되물었다.

"공연을 하지 않으면 종말이 일어나지 않아. 축하할 일을 만들어야 하니까 종말을 시켜버리는 거라고. 그래서 기특하다고 말하는 거야. 공연에 그 정도로 진심이니까. 진지하니까. 진실하니까. 공연에 대한 열정이 그 정도야."

빙빙 맴도는 대화를 듣는 것에 싫증 난 로리가 끼어들려고 했지만, 토끼는 계속 말했다.

"공연을 마칠 시간이 가까워져 오면 무대는 돌돌 말려 접힌 채로 세상 끝에 놓여. 그러고 나서 안에 들어간 배우들이 다 같이 한 번 제자리 뛰기를 하는 거야. 탱탱한 고무볼같이 생긴 행성의 바깥 끝에 서서. 두꺼운 고무 껍질 같은 건데, 껍질 바깥쪽엔 행성인들이 살고 있고, 안쪽에는 깊은 어둠만이 있어. 암튼 그 끝에 서서 세게 한 번 쿵 뛰고 나면 껍질이 힘을 받아서 탄력 있게 뒤집어져. 지하세상이 지상세상이 되고 지상세상이 지하세상이 되는 거야. 바깥쪽의 행성인들은 모두 탈탈 털

려서 깊이도 알 수 없는 깊숙한 구덩이로 떨어지게 되는 거야. 그리고 행성은 종말. 이런 식으로 유랑단이 제자리 점프를 해서 뒤집어진 채로 떠돌아다니는 빈 행성들이 우주에는 굉장히 많아."

"역시 행성의 종말은 언제 해도 감단해." 시계 토끼가 말했다.

"감탄이 나올 정도로 간단해." 삼월의 토끼는 동조했다. 둘은 언제나 사이가 좋았다.

"우리 입장에서는 '감탄'하지 않아. 우린 깊이도 알 수 없는 구덩이에 떨어져서 죽고 싶지 않다고."

로리나는 무대를 접지 못하게 붙들며 말했다. 그런 로리나를 비집고 쳐서 고양이가 미끄러지듯이 안으로 들어갔다. 그러자 토끼들은 고양이가 잘 말릴 수 있도록 무대를 한 번 말아주었다. 로리나는 슬쩍 안을 들여다보았다. 안은 밖보다 넓어 보였다. 먼저 들어간 배우들이 즐거운 듯이 담소를 나누거나 휴식을 취하고 있었다.

"만약 공연을 멈출 수만 있다면. 우리 행성의 종말도 막을 수 있는 거 아니야?"

로리나가 물었다.

두 마리의 토끼는 못 들은 척했다. 하지만 네 개의 귀가 펄럭거렸다.

그때 가짜 거북이가 엉금엉금 기어와서 로리나의 옆구리를 머리로 콕콕 찌르며 투덜거렸다.

"비키시오."

로리나는 옆으로 비켜섰다.

가짜 거북이는 무대 안으로 들어가려고 다리를 버둥거렸다.

등껍질이 무거워서 힘겨워 보였다.

"나 좀 넣어주오. 귀찮소. 이럴 거면 계속 접힌 채로 있는 편이 좋지 않겠소."

토끼 둘과 로리나는 힘을 합쳐서 가짜 거북을 무대 안으로 밀어 넣었다.

"그리고 제자리 뛰기만 하지 않는다면, 공연은 끝나지 않는 거고."

로리나는 거북이의 엉덩이를 힘껏 밀어 올리며 말했다.

그러자 이번엔 토끼들의 네 개의 손과 네 개의 다리가 덜덜 떨렸다.

"내 말이 맞구나."

하지만 토끼들은 고집스럽게 입을 열지 않았다.

"앨리스. 도와줘서 고맙소. 공연단장만이 공연을 중지시킬 수 있소."

가짜 거북이 안으로 떨어지면서 말했다.

이때 개구리 얼굴의 하인이 무대 위에 폴짝 뛰어올랐다.

"나는 여기 앉아 있을 거야. 어찌 되든 며칠이든. 접는 걸 방해할 거야."

개구리 하인은 자신이 제대로 대우받지 못하고 있다고 생각했다.

"나에게 더 많은 대사를 줘야 해. 난 매번 거의 등장하자마자 퇴장하는 쪽이잖아."

개구리 하인은 볼멘소리로 말했다. 토끼들은 개구리

의 양쪽 다리를 잡고 끌어내리려고 했지만, 끈적이고 미끈거리는 점액질 때문에 쉽지 않았다.

로리나는 개구리가 오래 오래 버텨주었으면 했다. 그녀가 공연단장을 찾아서 공연을 멈추게 할 때까지 말이다.

"가자. 여기선 더 알아낼 수 있는 게 없어. 공연단장을 찾아야 해."

로리나는 로리에게 말했다.

"네가 뭘 하든지 빨리 달려야 할 거야. 무대 접는 속도보다 빨라야 하니까. 그런데 너 말이야. 진짜 종말을 막을 거야?" 로리는 물었다.

"응." 로리나는 지구를 구하기로 결심했다.

로리나는 결심을 좀처럼 하지 않지만, 한 번 한 결심은 반드시 지켰다.

"그게 되겠니?" 로리는 귀엽게 콧노래처럼 흥얼거렸고, 로리나는 부정의 기운을 흘려보냈다.

로리나는 부정적인 건 최대한 멀리하는 타입이었다.

3. 메리 앤

로리나는 열심히 뛰었다. 로리는 로리나의 어깨 위에서 중심을 잃지 않으려고 애썼다. 날기에는 너무 지쳐 있었기 때문이다. 항상 공연이 끝나갈 무렵에는 기운이 없었다. 그래서 갑자기 로리나가 뛰는 것을 멈추었을 때, 로리는 멀리로 날아갈 뻔했다.

"왜 그래?"

로리는 삑 소리내며 말했다.

"저기 뭐가 보이는 것 같아."

로리나는 담벼락을 가리켰다. 그 담벼락은 평소 체셔 고양이가 누워 있곤 했던 바로 그 담벼락이었다. 로리나의 키보다 머리 하나 높은 담벼락 뒤로 누군가 제자리 뛰기를 하고 있었다.

누군가는 초록색 단발머리에 노란색 머리 수건을 두르고 있었다.

"공연-이---- 끝-----------났--?"

여자애는 숨이 찬지 잠시 쉬었다가 다시 뛰었다.

"지금은 무대 접기를 하고 있어. 그런데 너는 왜 그러고 있는 거야? 힘들지 않아?"

로리나는 호기심에 가까이 다가갔다.

"아. 드디어 끝이구나. 잠깐만."

여자애는 익숙한 몸짓으로 담을 넘어왔다.

"나는 메리 앤♦이고, 메리 앤을 하고 싶지 않아서 숨어 있었어. 모두 나만 보면 손수건을 가져다 달라. 부채를 가지고 오라. 심부름만 시키잖아."

메리 앤은 투덜거렸다.

"나는 태어났을 때 아주 아주 어린 아기였고, 걷기는커녕 잘 앉지도 못할 정도로 약했어. 말은커녕 울기만 할 정도로 심약했고. 이런 나에게 심부름을 시키다니."

메리 앤은 최대한 불쌍해 보이는 각도로 고개를 떨궜다.

♦ 『이상한 나라의 앨리스』에서 메리 앤은 이름만 등장했다. 토끼는 앨리스를 메리 앤이라고 착각하고 "이봐, 메리 앤, 여기서 대체 뭐하는 거지? 당장 집에 가서 부채와 장갑을 가져와. 당장, 빨리!"라고 말했다.

"저런. 가엾게도."

로리나는 말로만 동정했다. 표정은 아니었다. "우리 행성에서는 갓 태어난 아기들은 모두 다 그래"라고 말하려다가 귀찮아서 관뒀다.

"네가 나 대신 메리 앤 역을 맡고 있는 걸 봤어. 그런데 너도 금방 도망쳐버렸지."

메리 앤은 로리나를 보며 말했다.

"그래. 그런데 이렇게 다시 돌아왔어."

로리나는 메리 앤이 말하는 사람이 동생 앨리스라고 말하려다가 설명하기 귀찮아서 관뒀다.

"너도 숨어 있기 외롭고 심심했지? 나는 숨어 있다가 외로워져서 밖에 있는 개를 안으로 불러들였어. 하지만 말을 못해. 이리 오렴. 밖 강아지야."

메리 앤이 부르자, 어디선가 커다란 개가 막대기를 들고 뛰어왔다. 둥근 두 눈을 가진 개는 땅바닥에 주저앉아서 혓바닥을 길게 늘어뜨린 채 헐떡거리거나 날카롭게 짖는 행동을 반복했다.

"우리 행성 개들은 대체로 말을 못해. 고양이도 마찬

가지고."

로리나는 개를 쓰다듬었다. 집에 있는 고양이 다이나가 말을 할 수 있으면 좋으련만.[♦]

"혹시 공연단장이 누군지 알아?"

로리나는 메리 앤에게 물었다.

"흠. 공연단장이라. 흠. 생각해본 적 없는데. 어쩌면. 어쩌면 공연단장은 왕이나 여왕 아닐까?"

메리 앤은 자신 없어 하며 말했다.

"아닐 거야. 중요한 일은 절대로 왕과 여왕에게 맡기지 않으니까."

로리가 대답했다.

"흠. 역시 모르겠어. 나는 쓸모없어. 아무도 나에게 중요한 말을 하지 않아."

메리 앤은 시무룩해졌다. 로리나는 그런 메리 앤이 불쌍했다. 이번엔 진심이었다.

"이미 태어났는데. 쓸모와 무쓸모를 따질 필요는 없

♦ 앨리스도 똑같은 말을 몇 번이나 했었다.

어."

로리나는 그녀를 살포시 안아주며 위로해주었다.

"그리고 이걸 벗으면, 아무도 너에게 심부름을 시키지 않을 거야."

로리나는 머릿수건을 가리키며 말했다.

"앨리스는 다정하네. 그렇게 다정하게 말해준 사람은 네가 처음이야."

메리 앤은 따뜻해졌다. 그리고 따뜻해진 메리 앤의 뇌가 말랑말랑해지면서 좋은 생각이 흘러나왔다.

"앗. 맞아. 경험 많은 달팽이라면 알—"

하지만 메리 앤은 말을 끝까지 할 수 없었다. 어느새 무대를 이곳까지 접어 온 토끼들에게 잡히고 말았기 때문이다. 접히지 않으려고 발버둥치는 메리 앤과 토끼들은 잠깐 몸싸움을 벌였다. 이런 소란 사이로 공작부인이 돼지 아기를 안고 우아하게 안으로 들어가 접혔다. 로리는 로리나에게 속삭였다.

"잡히기 싫으면 뛰어. 좀 더 행성 안쪽으로 들어가야 해."

그 말에 로리나는 다시 뛰기 시작했다.

4. 도마뱀 빌

"너 꽤 용감한 편이야? 전투력 말이야. 도마뱀하고 싸워서 이길 수 있을까? 독이 있는 도마뱀은 아니고. 그냥 보통 도마뱀하고 싸우면 말이야."

어디로 가야 할지도 모르고 무작정 행성의 안쪽 깊은 곳을 향해 뛰어가던 로리나의 어깨에 느긋하게 서 있던 로리가 말했다.

"도마뱀은 잘 모르지만, 오리는 한 마리도 힘들어."

로리나는 할머니 집을 지키는 오리의 사나운 부리질이 생각나서 몸을 살짝 떨었다.

"그런데 왜 갑자기 그런 이야기를 하는 거야?

"빌이 나타났거든."

로리의 말대로 빌이 나타났다. 도마뱀 빌은 굴뚝에 처박히고 배심원석에 앉아 있는 것말고 다른 연기는 하지 않았다. 할 연기는 없어도 꼬리 힘이 센 빌은 배우 명단이 적힌 석판을 들고 다니면서 배우들이 제대로 무대 안으로 접혀 들어가고 있는지 확인하고 있었다.

"앨리스. 왜 무대 안으로 안 접혀 들어가고 있는 거야?"

빌은 석판을 휘두르며 꼬리 사납게 말했다.

"내가 왜 들어가야 해? 나는 배우도 아닌데."

로리나는 말했다.

"앨리스. 너도 명단에 있어." 빌은 꼬리로 바닥을 찰싹찰싹 때리며 말했다.

"어디 봐?"

로리나는 말했다.

하지만 빌은 보여주지 않았다.

로리가 포로로 날아가서 살펴보았다.

"정말인데. 있어."

로리가 말했다.

"앨리스가 명단에 있어도 상관없어. 나는 앨리스가 아니니까."

로리나는 말했다.

"너는 정말 앨리스가 아니야?"

빌은 물었다.

"그래. 아니야."

"그럼 너는 앨리스가 맞아. 정확해. 네가 앨리스라고 말하는 그 애는 자꾸 자신이 지금과 다른 사람이었다고 말했어.♦ 너는 네 자신이 앨리스라는 것을 잊어버린 게 분명해. 어제까지는 네가 앨리스라고 생각했지만 말이야. 나는 너를 기억해. 너는 원래 크기가 되었니?♠ 원래 네 크기는 이렇지 않다고 떠들고 다녔잖아."

도마뱀 빌은 말했다.

그러자 갑자기 로리나는 자신이 로리나가 아니라 로리나라고 착각하는 앨리스일지도 모른다는 생각이 들었다. 로리나. 로리나. 로리나. 몇 번을 되뇌어도 익숙해지지 않고 점점 더 낯설어지기만 했다. 진짜 로리나라는 사람은 나처럼 생기지 않았고, 나처럼 생각하지도

♦ 앨리스는 "어제의 이야기는 죄다 소용없어. 어제 나는 지금과는 전혀 다른 사람이었거든." 이라고 말했다.

♠ 앨리스는 작아졌다가 커졌다가를 반복하면서 자신의 원래 크기가 어땠는지 헷갈려 했다.

않고, 나처럼 행동하지도 않을 것 같아. 누군지 몰라도 나는 아닌 것 같아. 로리나는 불안해졌다. 그래서 차분하게 자신이 앨리스가 아니라 로리나라는 증거를 생각해보기 시작했다. 그리고 마침내 로리나는 자신이 앨리스라면 절대로 책을 읽지 않았을 것이라는 점을 기억해냈다.

"나는 로리나가 확실해."

로리나는 확신에 차서 크게 소리쳤다.

큰 소리를 들은 배우들은 좋은 구경거리를 놓치고 싶지 않아서 서둘러 달려왔다.

"확신해도 상관없어. 축하 공연이 끝나면 너희 행성… 참. 너희 행성 이름이 뭐지?"

빌은 군중을 의식하며 의젓하게 물었다.

"이름도 모르고 종말 축하를 온 거니? 여긴 지구야. 지구."

로리나는 대답했다.

로리나의 말에 배우들은 크게 동요했다.

"지구?"

"방금 앨리스가 지구라고 말했어?"

"했어. 지구는 처음 들어봐."

도마뱀 빌도 다른 배우들처럼 지구라는 이름을 처음 듣기는 마찬가지였다.

당황한 표정을 감추기 위해 빌은 로리나를 등지고 섰다. 배우들은 빌을 둥글게 에워싸고 머리를 맞대고 말을 주고받기 시작했다.

"또 잘못 온 거지?"

"또."

"지난번에도 똑같았어."

"왜 같은 실수를 두 번 연속한 거지?"

"하지만."

"하지만 어쩔 수 없어."

"어쩔 수 없지. 공연은 시작했고."

"시작한 공연은 끝나야 해."

"뭐지? 뭐야? 다 들려. 너희들 설마 잘못 온 거야?"

로리나는 대화의 원 안을 비집고 들어가려고 애쓰면서 소리쳤다.

하지만 대화의 원은 로리나를 단단히 모른 척하며 자기들끼리만 이야기했다.

"이를 어쩌."

"얘를 어쩌."

"그냥 두면 얘가 여기가 지구라고 떠들고 다닐 거야."

"큰일 할 애군."

"큰일은 얘가 당할 일이 큰일이야."

도마뱀은 이렇게 말하고 나서 힘센 꼬리를 힘차게 휘둘러 로리나를 무대 뒤로 날려 보냈다.

5. 민달팽이 찰스

로리나는 도마뱀 빌의 꼬리에 차여서 양탄자가 접힌 곳, 즉 무대 밖으로 던져졌다.

이곳은 굉장히 음습한 기운이 감도는 동굴 비슷한 곳이었다.

"여기 있으면 안 되는데. 무대 밖은 금지 구역이야. 빨리 다시 무대 위로 돌아가자."

로리가 말했다.

그때 로리나와 로리 앞에 나타난 것은 목소리뿐인 목소리였다.

"완벽해지기 전에는 밖으로 나가고 싶지 않은데, 나와버렸군.

누군가가 형체 없이 중얼중얼거리고 있다.

"민달팽이 찰스♦구나. 안녕, 찰스."

♦ 루이스 캐롤Lewis Carroll의 본명은 찰스 루트위지 도지슨Charles

로리가 바닥을 보며 인사했다. 로리나도 바닥을 유심히 살펴보았다. 언뜻 물을 흘린 것처럼 보이는 길쭉하고 뭉클한 자국이 몽클거리더니 검은 눈이 달린 더듬이 두 개가 솟아 나왔다.

"민달팽이의 뇌세포는 두 개야. 그래서 주로 다음의 두 가지 생각에만 집중해. 이걸 먹어도 되는지 파악하는 것과 자신이 지금 배가 고픈지 아닌지 파악하는 거. 이렇게 단순한 민달팽이는 단순해서 오래 살아. 그래서 오해도 많이 사고."

로리는 말했다.

"저런 불쌍하게도. 오해보다는 이해를 해줘야 하는데. 오해를 받는 게 싫어서 여기 어둡고 축축한 냄새가 나는 곳에 숨어 있었구나."

로리나는 한숨을 쉬었다.

"그건 불가능해. 오해는 이해보다 깊으니까. 그것도 몰라? 넌 내 짐작보다 더 바보구나."

Lutwidge Dodgson이다.

로리는 말했다.

"어째서?"

로리나는 바보라는 단어에 하나도 신경 쓰지 않고 물었다. 누군가 자신을 바보라고 불러도 상관없었다. 말은 말을 한 사람의 입에서 나온 것이지, 자신의 입에서 나온 것은 아니기 때문이다.

"그거야 5와 2는 3만큼 차이가 나니까. 오해는 이해에서 3만큼 더 깊숙이 들어가면 나오는 거라고. 그러니 우리는 서로 오해할 수밖에 없어. 자연스러워. 그리고 찰스가 숨어 있는 이유는 오해받아서가 아니야. 무대 공포증 때문이지."

로리는 말했다.

"너희도 무대 공포증이 있군. 나도 그렇군. 그래서 무대 밖에만 있군."

완전하게 모습을 드러낸 찰스가 말했다. 머리부터 시작된 두 개의 검은 줄은 꼬리까지 쭉 연결되어 있었다.

"말끝은 왜 그러는 거야?"

로리가 물었다.

"미안. 대화를 나눈 지 오랜만이라서 그래. 오. 다시 왔구나. 무정한 앨리스. 너는 나를 보고도 못 본 척 지나 갔었어."

민달팽이 찰스는 서운해하며 말했다.

'또 앨리스라고 부르네. 하지만 나는 로리나가 맞아.'

로리나는 혼란이 오기 전에 마음을 단단히 했다.

"나는 너를 모른 척하지 않았어. 못 봤을 뿐이야. 오 해하지 마."

로리나는 말했다.

"네 말이 너무 맞아. 나는 너무 지친 나머지 너를 너 무 오해했을지도 몰라. 나는 너무 오래 살았고, 너무 오 래 이야기했어. 너무 지쳤어. 무대 위에 서는 것이 너무 두려워. 오랫동안 축하 공연을 하다 보니까 보여줄 건 이미 다 보여줬어. 나는 아주 아주 아주 이따금 행복하 고 기쁘고 평온하고 매우 매우 매우 매우 매우 자주 불 행하고 지루하고 슬프고 불안해."

찰스는 훌쩍였다. 로리나는 미끈거리는 찰스의 등을 쓰다듬으며 위로해주었다.

"그런데 책에서 너와 비슷한 걸 본 적이 없는 것 같은데. 왜 그럴까?"

로리나는 기억을 더듬었지만, 민달팽이 이야기는 기억나지 않았다.

"당연해. 나는 투명해서 단어와 단어 사이에 있어. 어디에나 있지. 그래서 모든 이야기를 알고 있어."

찰스는 말했다.

"그럼 너는 공연단장이 누군지 알겠구나."

로리나는 기대를 담아 물었다.

"그건 네 스스로 찾아야 해. 내 입으로 말해줄 수는 없어. 나도 이제 공연을 그만하고 싶어. 어쩌면 공연을 가장 멈추고 싶은 건 네가 아니라 나일지도 몰라. 오. 다정한 앨리스야. 제발 나를 위해 공연을 멈춰줬으면 좋겠어."

찰스는 애원했다.

"네가 공연단장이 누구인지 알려준다면, 나는 너를 위해 공연을 멈추도록 노력할 거야. 약속해."

로리나는 찰스를 설득했다.

찰스는 잠시 고민하더니 말했다.

"힌트는 줄 수 있어. 여기선 모두 자기 자신을 연기해. 단 한 명만 제외하고는. 그 한 명은 자신이 자신을 연기하지 않아. 그자를 찾아야 해. 그자가 바로 공연단장이야."

6. 마지막 섬

로리나가 찰스의 등에 찰싹 달라붙어서 벽을 타고 올라와서 다시 무대 안으로 들어왔을 때, 두 마리의 토끼는 바다를 접으려고 하고 있었다. 찰싹 철썩 사정없이 파도가 몰아치며 토끼들을 때렸다. 하지만 두 마리의 토끼는 파도에 굴하지 않고 차곡차곡 무대를 접어나갔다.

"저쪽에 있는 섬 보이지? 섬이 무대의 마지막이야. 섬까지 접으면 공연은 끝이야."

로리나가 속삭였다.

"저 배를 타고 섬으로 가자. 토끼들보다 먼저 도착해야 해."

과연 로리나의 말대로 바다 한가운데 조각배가 떠 있었다.

"배 들어올 때 물 저어주라는 속담 알지? 배가 이리로 들어오려면 물을 저어줘야 해. 배라는 것은 절대로 혼자 들어오지 않거든."

로리는 말했다.

"배는 새침한 편이구나."

로리나는 열심히 물을 저었다. 그러자 새침한 배는 로리나 쪽으로 조금씩 가까이 다가오기 시작했다.

로리나와 로리는 배를 타고 바다를 건너 섬으로 갔다. 그런데 배를 타자마자 다시 내려야 했다. 왜냐하면 로리나가 물을 저어 배를 불러오는 사이에 토끼들이 바다를 다 접어버렸기 때문이다.

무대 조명이 꺼진 것처럼 사방은 컴컴했고, 오직 섬의 가장 끝만 환하게 빛나고 있었다. 두 마리의 토끼는 돌돌 말린 무대 끝에 서 있었다. 털이 몸에 찰싹 엉겨 있었다. 몸에서 물이 뚝뚝 떨어졌고, 기분이 썩 좋지 않았다. 토끼들 말고 다른 배우들은 한 명도 빠짐없이 전부 무대 안으로 들어가버리고 없었다.

로리나는 너무 늦어버렸다.

"앨리스 왔구나. 우리까지 접으면 끝이야."

두 마리의 토끼는 무대 끝을 잡고 말면서 안으로 들어갔다.

그런데 이상하게 무대가 말리지 않고 스르륵 풀어졌다.

그러자 안에서 두 마리의 토끼가 동시에 얼굴을 내밀며 소리쳤다.

"한 명이 부족해."

"한 명을 더 데려와."

삼월의 토끼는 재빠르게 달려와 로리나 어깨 위의 로리를 낚아채어 무대 안으로 쑤셔 넣었다.

하지만 로리는 튕겨져 나왔다.

털이 헝클어진 로리는 포포포로 소리를 내며 로리나의 어깨에 다시 앉았다.

"인형은 배우가 될 수 없어. 나를 넣어봤자 소용없어."

로리가 말했다.

"맞아. 인형은 안 돼. 저 앨리스를 넣어."

시계 토끼가 로리나를 가리키며 말했다. 두 마리의

토끼는 로리나에게 성큼성큼 걸어왔다.

"난 앨리스가 아니라고. 아니야. 몇 번을 말해."

로리나는 한 걸음 뒤로 물러서며 말했다.

"그래. 너는 진짜 앨리스는 아니겠지. 앨리스가 아니라, 앨리스를 연기하고 있는 거야. 너는 밖 배우고. 네가 바로 마지막 한 명이었어. 우리만으로 행성을 뒤집기에는 언제나 한 명이 부족해. 그래서 밖 배우를 초청하거든. 네가 바로 그 밖 배우야."

삼월의 토끼는 말했다.

"내가 왜 배우야?"

로리나는 놀라서 되물었다.

"대본을 읽었지? 너는 공연이 무슨 내용인지 다 알고 있잖아."

"책을 읽긴 했어."

"책은 초대권이고 대본이야. 단 한 사람만 책을 읽을 수 있고, 그 사람이 밖 배우가 되는 거지. 감단해."

시계 토끼는 말했다.

그러고 보니 책이 어디서 났는지 로리나는 기억나지

않았다. 언제부터인가 들판에 앉아 있을 때면 무릎 위에 놓여 있곤 했다.

"언제나 로리가 밖 배우를 데리고 와. 책을 가지고 있는 사람을 찾는 거지. 로리. 고마워."

3월의 토끼가 가볍게 목례했다.

그러자 로리가 포로로 소리를 내며 귀엽게 웃었다.

"별말씀을."

"나는 네가 내 편인 줄 알았어."

로리나는 오른쪽 어깨의 로리를 보며 말했다.

"이런."

시계 토끼가 말했다.

"저런. 너는 살면서 낯선 인형을 조심하라는 말 들어본 적 없니?"

삼월의 토끼도 말했다.

"나와 이름이 비슷해서 그만."

로리나는 말끝을 흐렸다.

"그만 뭐?"

시계 토끼가 물었다.

"친구인 줄 알았어."

로리나는 대답했다.

그러자 로리는 로리나의 목덜미에 고개를 파묻으며 보푸라기처럼 속삭였다.

"우리는 잠시 같은 길을 걷는 것일 뿐이야.

잠시라도 즐겁고 좋았으면 그걸로 된 거 아니겠어?

지금 내가 하는 이야기를 흘겨 들어.

흘려 듣는 거 아니고 눈 흘겨 가면서 들으라고.

나는 지금부터 눈 흘길 만한 소리를 너에게 할 거니까.

우리는 우리를 연기해.

우리가 진짜 우리가 아니니까.

연기니까.

죄책감이 들 리가 없지?

단지 연극이야. 단지 공연.

그리고 네가 원더랜드로 들어오지 않았다면 지구는 종말하지 않았을 거야.

그러니까 전부 다 네 탓이지. 우리 탓은 아니야."

로리는 작은 날개로 폴폴대며 잘도 날고, 잘도 말했다.

"왜 이렇게 못되게 구는 거야?"

로리나는 말했다. 얄밉게 구는 로리를 보면서 로리나는 이렇게 심각한 순간에는 좀 울어도 상관없지 않을까 하고 잠깐 고민했다. 하지만 원래 로리나는 다른 사람들 – 특히 동생들-앞에서는 울지 않았다. 훌쩍거리지도 않고 로리나는 말했다.

"어쩔 수 없었어. 나는 인형이라 이름이 없어. 밖 배우를 데리고 들어올 때마다 그 사람 이름에서 한 글자씩 가지고 갈 수 있단 말이야."

로리는 말했다.

"그럼 지금까지 겨우 두 명을 데리고 온 거야?"

"설마."

로리는 양 날개를 펼쳐 보였다. 깃털마다 글자가 새겨져 있었다.

"내 정식 이름은 로……………………………………

한참 더 가야 하고·················· 한참 더 가서 마지막 글자가 리야. 이제 마지막 글자는 [나]가 될 거야. 왜냐하면 네 이름 중에서 [나]를 가지고 갈 거든. 나는 [나]가 없었어."

로리는 로리나의 머리카락 하나를 물어서 뽑아 날개 안쪽에 잘 넣은 뒤 계속 말했다.

"너는 이제 로리야. 그리고 원래 배우가 확실해. 잘 생각해봐. 네가 배우가 아니라면 어떻게 대본을 가지고 있겠어? 대본은 배우에게만 보이는 거야. 관객은 절대 볼 수 없어."

이 말을 들은 로리나였던 로리는 자신이 어쩌면 배우가 아닐까 하는 의심이 들기 시작했다.

"배우들은 손에 손을 잡고 길게 서서 하나 둘 셋 하고 센 후, 신나게 웃으며 동시에 제자리 점프를 한다고 해. 그 순간이 그렇게 유쾌하고 즐거울 수가 없대. 그렇게 실컷 한바탕 자지러지게 웃고 나서 또 다른 행성을 찾아 떠나는 거야. 멋있지? 인형인 나는 너희 배우들이 부러워."

앵무새 로리나는 나긋나긋한 솜털처럼 말했다.

로리나였지만 이제 로리가 된 로리는 말린 무대 안을 슬쩍 들여다보았다. 안에서 좋은 냄새가 났다. 바람은 부드럽고 다정했다. 무엇보다 따뜻해 보였다. 지금 있는 곳은 어둡고 축축하고 추웠다. 온몸에 닭살이 돋았다. 세상의 끝에 있는 땅속이 추운 것은 당연했지만, 추워도 너무 추웠다.

날마다 새로운 행성의 세상의 끝으로 이동하는 인생은 썩 괜찮게 생각되었다.

차라리 배우가 되어서 마음 편하게 안으로 접혀 들어가고 싶은 기분도 들었다.

로리나였던 로리는 이런 생각을 하다가 자신도 모르게 한 발을 말린 무대 안으로 집어넣었다.

그때 안에서 목소리가 희미하게 흘러나왔다. 민달팽이 찰스였다.

"제자리를 찾았다고, 세상에 이만한 곳이 없다고 말할만한 자리에. 남들이 보기에 그게 바로 네 자리라고 말하는 그 자리에 있는 그 순간이 가장 빠져나가기 어려운 순간이야. 남들 말고 네가 원하는 자리를 기억해."

이 말을 들은 로리는 정신이 번쩍 들었다.
"싫어. 난 들어가지 않아. 내 마음은 내가 배우가 아니라는 걸 알고 있어. 내 마음은 힘이 세. 나는 내 마음이 힘이 세다는 것을 알아."

"설득은 실패야."
접힌 공간 안에서 도마뱀 빌이 올라오며 말했다. 열명의 병사가 뒤따라 올라왔다.
"앨리스를 끌고 가."
빌은 말했다. 병사들이 로리의 양팔과 양다리를 들어서 무대 안으로 데리고 가려 했다.
"나는 앨리스도 아니고, 로리도 아니야. 로리나라고. 배우도 아니야."
로리는 손버둥 발버둥 치며 소리쳤다.
"그럼 앨리스를 연기하는 로리나를 끌고 가."
빌은 말했다.

이때 로리는 깨달았다.

원더랜드에서 자기 자신을 연기하지 않는 사람은 바로 자신이라는 것을 말이다.

"공연단장은 자기 자신을 연기하지 않는다고 했지? 나는 로리나고, 앨리스를 연기해. 내가 바로 나를 연기하지 않는 단 한 명의 배우야. 내가 바로 공연단장이라고. 공연단장의 권한으로 명령한다. 당장 공연을 멈춰."

[나]를 빼앗겨서 로리나가 된 로리는 소리쳤다.

잠시 원더랜드에는 침묵이 내려왔다.

두 마리의 토끼와 도마뱀 빌과 앵무새 로리나는 투덜대면서도 공손하게 고개를 숙여 공연단장에게 존경을 표했다. 그리고 고개를 숙인 채로 속닥거렸다.

"쳇. 눈치챘구나."

"눈치챘네."

"모를 줄 알았는데."

"이게 다 찰스 때문이야."

"어쩔 수 없지."

"찰스는 그런 역을 맡았으니까."

두 마리의 토끼는 다시 무대를 조심스럽게 펼치기 시작했다.

무대가 조금씩 펼쳐지자 무대 조명도 하나둘씩 밝혀졌다.

접힌 공간 안에서 오랫동안 기다려서 화가 많이 난 배우들이 항의하기 시작했다. 분노의 외침이 들려왔다. 소리는 점점 더 가까이, 점점 더 크게 들렸다.

무대가 펼쳐지자마자 노란 머릿수건을 쓰지 않은 메리 앤이 가장 먼저 위로 올라와서 로리에게 달려왔다. 메리 앤은 지금은 로리나가 아닌 로리를 바로 알아보았다.

"배우들이 너를 공격하러 올 거야. 빨리 여기를 떠나야 해. 밖 강아지를 타고 가."

메리 앤은 나뭇가지를 던졌다. 그러자 어둠 속에서 개가 튀어나왔다.

로리는 밤 강아지 위에 올라탔다.

"집으로 가자."

로리는 밤 강아지에게 소리쳤다.

그러자 밤 강아지는 달리기 시작했다.

그때 앵무새 로리나가 로리의 오른쪽 어깨를 부리와 발로 잡아끌었다.

로리는 재빨리 로리나의 깃털 하나를 **뽑고**, 로리나를 멀리 던져버렸다.

밤 강아지는 어둡고 축축한 지하 동굴을 빠르게 통과해서 단숨에 지상으로 올라왔다.

지상은 이미 밤이었고, 달과 별이 빛나고 있었다.

다행히 아무도 로리를 쫓아오지 않았다.

로리는 꼭 쥐고 있던 손바닥을 펼쳤다.

앵무새 로리나의 반짝이는 깃털 한 개가 있었고, 깃털에는 [글]이라고 써져 있었다.

로리가 잃어버린 [나]는 아니었다.

로리는 깃털을 머리카락 사이에 꽂았고, 깃털은 머리

카락이 되었다.

이렇게 로리나는 [나]를 빼앗겨서 잠시 '로리'가 되었다가, [글]을 가지고 와서 '글로리'가 되었다. 영광스러운 달빛이 글로리와 개를 축복해주는 것 같았다.

언더랜드의 원더랜드에서는 종말 축하 유랑단이 지구의 종말을 축하하기 위해 언제까지나 밖 배우를 기다리고 있을 것이다. 축하 공연이 완전히 끝나지 않으면 다른 행성으로 이동할 수 없기 때문이다. 그러니 부디 제발 모쪼록 이 책을 당신의 무릎 위에 올려놓아주세요. 우리의 밖 배우가 되어주세요.

앨리스를 읽고 나니 뒤에 숨어서 보이지 않는 인물들
이 궁금해졌습니다.

메리는 어디에 있는 걸까?

도마뱀은 어떻게 된 걸까?

앨리스의 언니는 왜 이름도 없이 단지 '언니'일까?

실존 인물이라는 앨리스의 다른 자매들은 오직 앨리
스만이 주인공인 소설을 읽고 서운하게 생각하지 않았
을까?

이런 저런 생각을 하다 보니 로리나(앨리스의 언니)가
못 이기는 척 앞으로 쓱 나왔습니다. 이야기를 나눠보

니 로리나는 독자들의 오해처럼 동생의 말을 듣고 엉뚱한 소리로 치부하며 넘겨버리는 그런 야박한 언니는 아니었어요. 앉아서 책만 읽는 따분한 언니도 아니었고요. 로리나는 모험을 떠날 준비가 되어 있었습니다. 세상을 종말로부터 구할 용기도, 지혜도 있었어요.

이제 로리나는 자신과 닮은 앵무새 로리와 함께 지구의 종말을 막기 위해 앨리스가 다녀온 그곳으로 들어갑니다.

"이렇게 태어났구나, 이렇게 살겠구나, 이렇게 죽겠구나."라고 수용하고 순응하며 수줍게 숨숨숨 웃는 사람들은 보세요. 그렇게 살면 자기 자신은 물론 다른 사람들에 대한 포기도 쉽게 잘하게 됩니다.

"아니라고. 이게 전부가 아니라고. 사람은 달라질 수 있다."고 주먹을 불끈 쥐고 시끄럽게 소리치는 사람들도 좀 보세요. 만약에 달라졌다고 한다면, 그건 달라진 것이 아니라 원래 그 사람 안에 들어 있던 것이 밖으로 나온 것입니다.

안에 숨겨져 있던 것이 밖으로 나오는 것을 나는 기적이라고 부릅니다.

부디 이 짧은 이야기를 읽고 로리나처럼 자신의 안에 숨겨져 있는 것을 밖으로 나오게 하는 기적을 일으켜보는 시도를 해보면 좋겠습니다.

그건 그렇고

앨리스를 읽은 사람들만 아는 암호 같은 소설이 되어버리면 어쩌지 싶은 마음에 각주를 주렁주렁 잔뜩 달아서 짧지만 무거운 소설이 되어버리고 말았습니다.

그리고

마지막에 '로리나'가 '로리'가 되었다가 '글로리'가 되는 부분을 알파벳으로 할까 하다가 뻔뻔하게 한글로 해버렸습니다. 미안합니다, 찰스 루트위지 도지슨 씨.

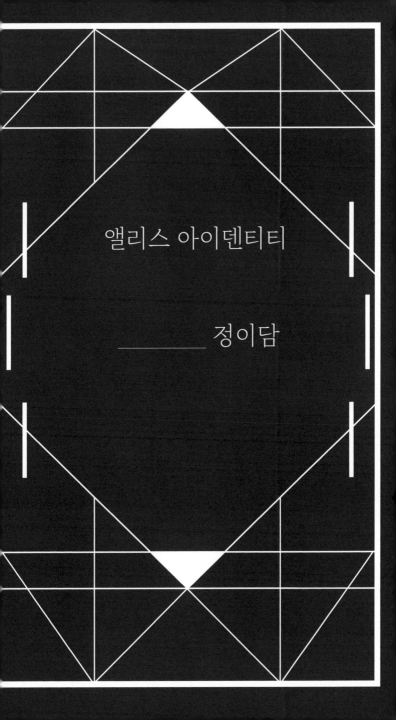

앨리스 아이덴티티

_____ 정이담

삼월의 봄바람이 뺨을 간지럽혔다. 나는 눈을 번쩍 떴다. 투박한 철창 사이로 내가 있는 장소와 어울리지 않는 풍경이 펼쳐졌다. 가장 처음으론 라벤더 덩굴이 그득한 나무가 눈에 들어왔다. 구름처럼 풍성한 꽃다발들이 화사했다. 우리의 세계엔 낮과 밤이 동시에 있었다. 나를 기준으로 왼쪽은 아침, 오른쪽은 밤이었다. 해와 달은 각각 한 개씩 하늘에 붙박였는데, 놀랍게도 태양은 검정색이었다.

이글이글 타는 듯한 검정이란 말을 들어보았는가? 지금 우리의 세계에선 이런 현상이 자연스럽다. 반면 달이 있는 쪽은 누군가 밤하늘을 송곳으로 뚫은 것처럼 허옇다. 밤과 낮이 닿는 경계만 해 질 녘 노을 색이었다. 우리도 한때는 검은 밤과 밝은 낮을 가지고 있었다. 하지만 이젠 그 말도 옛말이었다. 이 혼란스러운 정경에도 익숙해진 지 꽤 되었다. 난 발로 철창을 툭툭 찼다. 문에 달린 자물쇠는 꿈쩍도 하지 않았다.

이곳은 미친 단장의 서커스단이다. 우린 '세상에서 가장 이상한 여자 전시'로 유명하다. 단장은 전국을 돌며 기이한 여자애들을 잡아들이거나 사서 이곳에 가둔다. 그중 신체 능력이 출중한 몇은 줄타기나 곡예를 하고, 나머지는 우리에 실려 관람객들을 맞이한다.

아. 내 팔이 방금 거울로 변했다. 그곳에 흰 깃털을 뿜내는 백조와 자수정이 비친다. 창살 너머 반짝이는 호수가 있었다. 그 위를 거니는 새들의 부리는 다이아몬드였다. 유유히 헤엄치던 백조들이 자맥질을 할 때마다 보석이 빛났다. 세상은 옛 시절 인간이 알던 논리와 다

르게 변했다. 불변의 진리는 오직 '모든 건 변화한다'라는 명제뿐이라고 했던가. 이제 지구는, 세계는 '당연히 이래야 해'라는 말을 할 수 없었다. 지구에 속하는 모든 것은 변했다.

인간만 빼고.

눈부신 꽃다발이 움직인다. 자세히 보면 그건 은백색 뿔의 사슴이다. 오래전 사람들은 저런 존재들을 동화 속에서만 상상했다. 하지만 지금 지구상에는 환상적인 존재들이 자연스럽다.

오직 인간만이 고루한 유전적 형질을 유지한다. 그들은 여전히 두 팔, 두 다리, 눈 두 개와 코 하나, 입 하나를 가지고 산다. 여자와 남자로 성별을 나눈다. 방금 내 옆으로 우수수 별이 쏟아지는 듯한 종소리가 들렸다. 한 무리의 낙타들이 지나가는 소리였다. 그 혹에 달린 꽃들이 소리를 냈다. 바람이 불 때마다 아름다운 노래가 흐른다. 모든 존재들은 미학적으로 진화했다. 하지만 인간은 구시대와 같지 않은 형태들을 기형이라 불렀다. 이제 자연의 시각에선 덜 변이한 그들만이 기형인데도.

심장 부근이 축축했다. 몸을 뒤집자 가슴을 가로지르는 뼈가 아가미처럼 미끌거리는 모양으로 변하는 게 보였다. 그건 심해어의 동공처럼 번들거린다. 낙타와 사슴 무리만이 날 위로하는 친구들인 양 서커스 마차를 따라온다. 그것들의 그림자는 보라색이다. 난 인간이 내게 붙인 증상의 이름을 읊어본다.

앨리스 아이덴티티.

이게 그들이 내게 부여한 진단이었다.

홀로 변화하길 거부한 인간들은 아직도 정상과 비정상을 가르는 단 하나의 기준을 고집했다. 이쪽 아니면 저쪽. 그 사이에 포함될 수 없는 것들은 변방으로 밀려났다. 나도 그런 부류 중 하나였다. 이상한 여자. 일 분마다 식물도, 동물도, 광물도 아닌 걸로 변화하는 여자. 종잡을 수 없는 정체성을 가진 여자. 단장은 오직 그 이유로 날 포획했다.

아주 오래전 떨어진 부모의 얼굴은 기억나지 않았다. 그들이 날 버렸는지, 팔았는지도 기억나지 않는다. 어차피 이렇게 멀리 왔는데 내 근원이 중요할까? 문득 창

살 사이로 팔을 뻗었다. 금색의 나비 떼가 끈적이는 내 피부에 엉긴다. 살갗이 꿀을 빨리는 것처럼 간지러웠다. 나비들의 맥동을 느꼈다. 숨처럼 가느다랗고 고우면서도 조용한 맥박이었다. 낮과 밤은 교차하며 뒤바뀌는 중이었다. 난 내가 아는 꽃의 이름을 외웠다. 비비추, 상사화, 아카시아, 진달래…. 이미 그것들은 인간이 집필한 생물 도감과는 정반대의 생김새를 가졌다. 하지만 사람들은 여전히 꽃들을 동일한 이름으로 부른다.

길의 끝에 온통 거울로 가득한 천막이 보인다. 우리의 무대였다. 불그스름하고 노란 깃발이 늘어지고 알전구가 현란했다. 줄을 선 손님들이 막 입장하는 중이었다. 노을이 막사를 가로지르자 주변이 자주색으로 변한다. 정문 앞에 거대한 초록 고깔을 쓰고 한쪽 눈이 주먹만큼 부푼 남자가 서 있었다.

그가 바로 단장이다. 줄무늬 나비넥타이에 채찍과 지팡이를 찬 그는 우리를 싣고 오는 마차를 기다렸다.

"사이드쇼 준비가 늦어지잖아! 빨리 가서 다들 준비해! 늦는 녀석이 있다면 호되게 때려줄 줄 알아!"

그가 윽박지르면 징그러운 눈알이 더욱 크게 부푼다. 이미 백 회 이상 같은 공연을 반복한 우리가 좀 늦는다고 해서 실수할 리도 없는데. 단장은 언제나 유난이었다. 콧수염을 열 번도 넘게 꼬면서 소리 지른다. 그는 항상 무언가를 탐욕스럽게 바란다. 그게 충족되지 않을까 봐 매번 전전긍긍한다. 그리고 우리에게 소리지르며 욕하는 것으로 해소한다. 그의 등쌀에 우린 아직 막도 오르지 않은 원형 무대로 오른다.

서커스 프로그램은 두 파트로 진행된다. 첫 번째는 전시다. 기이한 외형을 가진 여자들이 철창 속에 갇혀 있는 모습을 관람객이 돌아다니며 구경한다. 예전엔 이걸 동물원이라고 불렀댔지. 우린 일부러 과장된 행동을 꾸미거나 신비한 포즈를 취하며 관객들을 흥미롭게 만든다. 두 번째는 공연이다. 몸을 잘 움직이는 여자들이 줄타기나 그네 곡예, 훌라우프 넘기, 불 삼키기 등의 기예를 펼친다. 언제나 배경에는 커다란 유니콘 형상이 나풀거린다. 단장이 이 서커스단을 만든 이유가 전설의 동물인 유니콘을 찾기 위해서라고 들었다. 그는 언제나 관객석을 둘러싼 벽과 바닥에 자신이 꿈꾸는 유니콘 그림을 비춘다. 언젠가 이 쇼가 유명해지면 유니콘이 나타날 수도 있다고 철석같이 믿는다. 우린 단장의 이상理想을 위해 돈을 번다.

신체의 형질이 매분 변하지만 공연을 할 재주는 없던 나는 당연히 전시품이 되었다. 건너편 탈의실에선 팔이 여덟 개 달린 캐시가 폴 댄스를 준비한다. 그 애는 여덟 개짜리 팔로 기다란 봉의 끝까지 올라갔다가 아래로 뛰어내린다. 그 옆엔 조수 짐이 있다. 짐은 캐시가 입은 주황색의 타이즈를 살펴보고 문제가 없으면 손목에 화려한 뱅글을 채워준다. 자세히 보면 짐도 아주 독특한 모습이다. 그 애는 바지 속에 다섯 개의 꼬리를 감추었다. 그 꼬리들은 제각각 다른 동물의 꼬리였다. 하지만 짐은 등에 커다란 혹이 있고 한쪽 다리를 절뚝거려 공연에 설 수는 없었다. 대신 캐시의 조수가 되었다.

"쥴. 펜과 종이는 준비됐어. 어서 들어가."

옆에서 거대한 털복숭이 손이 나타났다. 쥴⋯. 그는 이 서커스에서 가장 기이한 여자였다. 팔과 다리는 동물처럼 털이 무성했다. 그러나 손끝으로 갈수록 그건 나뭇가지처럼 길쭉하고 날카로웠다. 얼굴은 무거운 살덩어리에 짓눌려 있었는데, 조금이라도 쥴을 꾸미려 붙인 싸구려 깃털 장식은 그를 더욱 괴상쩍은 사자처럼 보이도록 할 뿐이었다. 쥴의 얼굴엔 수십 개의 머리카락 다발이 덮였다. 그건 한 올, 이라기보단 다발이었다. 마구잡이로 뻗어 나간 머리카락들은 도통 방향을 구분하지 못했다. 정확히 말하면 수십 마리의 뱀 같았다. 덥수룩한 쥴의 머리카락은 중간중간 눈알 같은 무늬도 박혀 섬뜩했다. 쥴은 우리의 문을 열고 책상 앞에 앉았다. 전시가 진행되는 동안 쥴은 내내 딱 한 가지 행동만을 했다.

글쓰기. 그건 쥴이 유일하게 전시장에서 시연하는 행위였다.

쥴이 펜에 잉크를 묻혔다. 짐이 내 등도 떠밀었다. 난 쥴의 옆 칸으로 들어가 팔을 괴고 앉았다. 짐이 돌아다니며 문을 잠갔다. 나는 이내 종이에 글씨를 써 내려가는 쥴의 모습을 관찰했다. 쥴에게는 유일하게 사람 같은 면이 딱 한 가지 있었다. 글쓰기에 몰두할 때 빛나는 새파란 눈동자. 쥴은 호수처럼 빛나는 눈동자를 가졌다. 하지만 대부분의 사람들은 쥴이 아름다운 눈을 가졌다는 걸 모른다. 왜냐면 쥴은 항상 고개를 숙이다시피 하고 글을 쓰니까. 산발인 머리 속에 눈을 감추고 손만 움직이니까. 사람들은 그런 쥴을 손가락질하며 비웃기만 했다.

"봐, 저런 것도 글을 쓸 줄 알아!"

"정말 흉측해. 천벌이나 저주를 받은 게 아닐까? 분명 무언가를 잘못했을 거야."

사람들이 수군거리는데도 쥴은 개의치 않았다. 전시 중엔 계속 글만 썼다. 그럼에도 쥴을 구경하려는 사람들의 발길은 끊이지 않았다. 수많은 사람이 쥴을 보러 와선 구역질하는 시늉을 하거나, 낄낄거리거나, 자신들은 저런 모습이 아니라 다행이라는 듯 한숨을 쉬고 갔다.

쥴을 목격하는 건 일종의 훈장이었다. 자신들의 정상성을 위로하는 훈장. 가끔 쥴은 일부러 광포한 짐승처럼 포효했다. 그럼 혼비백산하여 달아나는 사람들도 있었다. 개중에는 쥴에게 금화를 던지기도 했다. 마치 자신이 쥴을 관음하고 욕보일 권리를 구매한 것처럼.

짐이 신호를 보냈다. 쥴과 내가 든 우리가 천천히 무대 위로 이동했다. 단장이 저 멀리서 채찍을 휘두르는 소리가 들렸다. 오늘 쥴이 어떤 글을 쓸지 궁금했다. 난 쥴의 글을 알고 싶어 하는 유일한 독자였다. 사람들이 쥴의 기이한 외모만을 언급할 때 난 쥴의 푸른 눈을 응시했다.

쥴은 종종 고개를 들어 나를 바라봤다. 어쩔 땐 내 귓불이 푸른부전나비로 변하는 중이었고, 어떤 때는 혈관이 다 보이도록 투명해지는 날도 있었다. 가끔은 팔다리가 연기처럼 흩어졌고 몇 분 후엔 진흙처럼 흘러내렸다. 오늘은 얼굴 반쪽이 계속 거울처럼 번들거렸다. 내 얼굴에서 반사된 조명이 쥴을 눈부시게 만들었다. 쥴은 가끔 나에 대한 글도 쓴다고 말했다. 물론 어디까지나 쥴이 느낀 나에 대해서만이라고 했다. 난 쥴이 내 이야기도 써주었으면 싶었다. 하지만 쥴은 네 이야기는 스스로 써야 한다고 딱 잘라 말했다.

누구도 읽지 않을 글을 쥴이 쓴다. 나는 그런 쥴을 감상하는 게 일이다. 쥴은 내가 지켜보는 걸 좋아했다. 쥴이 불쾌해하지 않는 유일한 독자, 유일한 관객이 되는 일이 나도 좋았다. 내가 쥴에게 무엇을 쓰느냐고 물으면 그는 어느 땐 일기라고, 소설이라고, 극본이라고, 시라고 대답했다.

아무것도 쓸 줄 모르는 내 눈에 쥴은 정말 대단했다. 쥴은 자신이 들은 더러운 소리도, 스스로의 생각도, 매일의 경험도 기록했다. 나도 몇 번 쥴을 따라 무언가를 적어보려 했다. 하지만 그때마다 손이나 눈이 변화하는 바람에 쓰지 못했다. 내 몸과 정체성이 변화할 땐 감각하는 정보들도 달라져 생각을 정리하기 힘들었다. 내가 누군지도 대답할 수 없는데 글로 남긴다니. 너무 어려웠다.

결국 난 포기했다. 반면 쥴은 매일매일 같은 분량을 적었다.

"언젠가 쥴의 영혼이 빛날거야."

난 문장을 적는 쥘의 등을 보며 자주 그렇게 중얼거렸다.

쥘은 단장의 반대에도 불구하고 지금까지 쓰기를 고집했다. 쥘이 처음 글을 쓰겠다고 선언했을 땐 단장이 극렬하게 반대했다. 그는 포즈를 잡거나 묘기를 부리지 않는 쥘에게 성을 내곤 종이를 죄다 찢었다. 하지만 쥘은 계속 썼다. 단장이 얌전해진 건 쥘의 글쓰기를 본 관객 몇 명이 금화를 던졌을 때였다. 이 '희한한' 행위를 관음하는 게 돈이 될 수 있다는 사실을 떠올린 후에야 단장은 쥘에게 글을 허락했다.

어쨌든 쥘은 하루 종일 원하는 만큼 앉아서 글을 쓸 수 있었다. 저 멀리 여전한 인간의 모습을 지닌 관객들이 들어온다. 더 이상 진화하지 않는 그들은 아직 자신들이 세상의 중심이고 기준이라 믿는다. 쥘은 푸른 두 눈을 갈기로 가리고선 그들을 관찰한다. 난 쥘이 그들을 얼마나 날카롭게 해부하고 조각내어 글의 재료로 쓰는지 안다. 쥘이 글을 쓰는 순간만은 누구도 그걸 막을 수 없다. 하지만 내가 쥘에게 찬사를 던질 때마다 쥘은 콧방귀를 뀌었다. 쥰은 글쓰기가 가장 별 볼일 없는 행위라 계속한다고 말했다. 내 눈엔 그마저도 대단했다. 어쨌든, 쥰은 이상한 여자 전시에서 제일가는 괴물이었다. 두 번째는 나였고.

캐시의 무대는 소문으로만 들었다. 그 애는 여덟 개의 팔을 빼면 꽤나 예쁜 축에 들었기 때문에, 사람들의 환호성이 울릴 때마다 연예인처럼 주목받는 캐시의 모습을 상상했다. 하지만 캐시는 언제나 웃는 법이 없었다. 단장이 매일같이 무대를 뛰라며 혹사시키니 그럴 만도 했다.

그 애는 하루에 열 번도 더 공연했다. 그에 비하면 권태에 찌들어 관객들을 구경만 하는 내 역할은 수월하다. 캐시가 웃는 건 하루 일과 중 단 한 번이다. 짐이 구운 건포도 케이크를 먹을 때만 캐시는 웃는다. 짐은 캐시를 좋아한다. 캐시도 짐을 좋아한다. 캐시를 만날 때 짐의 꼬리는 살랑거리고, 건포도 케이크를 베어 무는 캐시는 하루 중 처음으로 미소를 띤다. 연인이든 아니든 둘은 서로를 소중하게 여긴다. 그들의 눈빛을 보면 안다. 이곳의 여자들은 가슴 속에 한 명쯤 소중한 사람을 품는다. 우리끼리 있을 때 우리의 '이상함'은 전혀 문제가 되지 않는다. 오히려 그건 서로를 좋아하게 만드는 개성이고 아름다움이다. 그걸 구경거리로 삼는 건 저 관객들뿐이었다. 난 줄을 그 애의 이상한 점 때문에 사랑한다.

"부족해. 부족해. 유니콘을 찾을 경비도 부족할 지경이야."

오늘의 공연이 끝난 후 단장은 콧수염을 스무 번이나 꼬았다. 안절부절 못하며 지팡이로 계속 땅을 치면서 정신없이 돌아다녔다. 단장은 아직도 유니콘을 찾겠다는 목표를 포기하지 못했다. 그가 유니콘에 집착하게 된 계기는 모른다. 어쩌면 그 자신도 잊었을 것이다. 유니콘을 향한 그의 비정상적인 집착은 유명했다. 그는 환상의 동물이라는 유니콘이 오직 순결한 소녀 앞에서만 나타난다는 속설을 믿었다. 그는 막연히 이렇게 생각했다. 괴물처럼 이상한 여자들이라면 누구도 원치 않았을 테니 순결하지 않을까. 그게 우리 서커스단의 시초였다. 요즘 세상에 무엇으로 순결을 구분하는지, 유니콘도 성행위의 여부를 중시하는지는 둘째치고, 우리는 모두 단장이 결국 실패하리라 예측했다.

음욕을 포함하여 사랑 경험의 유무를 기준으로 하면 이 서커스단에 순결한 여자는 없다. 우리는 어떤 방식으로든 누군가를 사랑하고 끌렸다. 플라토닉한 방식으로, 에로틱한 방식으로, 아가페적인 방식으로, 열광적인 방식으로… 섹스 없이 진심 어린 사랑을 나누는 관계도 있었고, 물론 섹스를 원하는 관계도 있었다. 캐시와 짐, 쥘과 나처럼. 캐시와 짐은 서로 스킨십을 하진 않았지만 마음으론 누구보다 서로를 사랑했다. 반면 내가 풍성한 쥘의 갈기에 손을 넣어 쓰다듬으면 쥘은 변화하는 내 목덜미에 코를 묻고 중얼거렸다.

"내가 유니콘이라면 오직 네 앞에만 나타날래. 너만은 진짜 날 알아보겠지."

그건 내가 쥘의 글을 처음으로 읽고, 쥘을 사랑하게 된 날이었다. 첫 번째 독자가 된 나에게 쥘은 슬픈 표정으로, 아니, 낯설고 당황한 얼굴로 입 맞춰달라고 부탁했다. 그 애는 사실 내가 그걸 할 수 없다고 믿었던 것 같다. 하지만 내가 정말로 쥘의 머리카락과 뺨에 키스

하자 쥴은 수줍어했다. 난 그 모습을 보는 게 좋았다. 그래서 쥴의 입술에도 입을 맞췄고, 더 은밀하고 깊은 부위까지 사랑했다.

쥴은 우리의 첫 키스와 모든 애무도 글로 적었다. 그곳에선 우리가 언어였다. 변화하고 흐르는 세상이 먼저고, 고정된 것들은 나중이었다. 그 애는 나와 포옹한 시간을 부서진 무지개가 스며드는 기분이라고 표현했다.

난 어쩌면 내게도 그 문장처럼 아름다운 구석이 있을지 모른다고 생각했다. 쥴은 동화 속 앨리스보다도 엉망진창인 내 몸을 시처럼 섬세하게 다루었다. 나로 인해 쥴이 더 많은 찬란한 감각을, 언어를 탄생시킨다면 얼마나 황홀할까. 쥴은 자신의 안에도 내가 있고, 내 안에도 쥴이 있다고 말했다. 그건 어디에서도 본 적 없을 해괴한 결합이라 마음에 들었다. 내가 뚝뚝 녹아 흐르는 팔을 쥴에게 두르면 쥴은 등의 털이 완전히 젖는 걸 내버려둔 채 속삭였다.

"모든 소녀의 영혼에는 유니콘이 있어. 결코 색이 바래지 않고, 사랑하는 소녀와의 약속을 지키리라 다짐하는 유니콘. 영원히 죽음까지 함께하려는 신비의 동물. 마술적인 힘 때문에 아무나 볼 수 없는 존재. 단장은 바보야. 저런 방식으로는 평생 유니콘을 찾을 수 없을걸."

쥴은 단장보다도 유니콘을 잘 알았다. 단장은 아직도 서커스 무대를 빙빙 돌며 강박적으로 중얼거렸다.

"더 이상한, 더 괴팍한, 더 파격적인 전시가 필요해. 아주 자극적인 전시. 유니콘을 꾀어낼 만큼 유명해질 전시가."

무대를 다 정리했는데도 그는 내려오질 않았다. 난 너무 피곤해서 이만 들어가고 싶었다. 하지만 단장이 점점 분노를 터트리기 시작해 분위기를 봐야 했다. 우린 짐이 몰래 돌린 건포도 케이크를 소리 나지 않게 씹으며 그의 발작이 잦아들길 기다렸다.

"괴물을, 유니콘을 생포해야 하는데. 그래야 가장 위대한 서커스가 될 텐데. 그래. 없으면 만들면 되잖아! 내가 왜 그 생각을 못 했지? 미끼가 필요해. 유니콘도 반할 만한 미끼가… 이젠 정말 그 수밖에 없어. 캐시, 캐시!"

갑자기 단장이 캐시를 호출했다. 캐시는 특유의 무표정한 얼굴로 일어섰다. 짐도 덩달아 일어났다. 하지만 캐시는 짐을 제지하곤 혼자 단장 앞으로 갔다. 단장은 무언가를 캐시에게 지시했다. 캐시가 두어 번 고개를 저으며 거절 의사를 표시했다. 하지만 단장이 바닥에 위협적으로 채찍을 내리치자 캐시는 입술을 깨물었다. 결국 캐시는 마지못해 고개를 끄덕였다.

단장은 우리 모두에게 의상 하나를 만들라고 지시했다. 온갖 깃털과 보석이 캐시의 전신을 감싸고도 모자라 꼬리처럼 길게 늘어지는 드레스였다. 이마에는 커다란 뿔 장식을 달았다. 가느다란 캐시의 허리 부근만 맨살을 드러냈다. 의상이 얼마나 크고 풍성하던지, 캐시 혼자서는 입을 수 없었다. 세 명이 달라붙어 각각 소매를 들고서야 착용이 가능했다. 우린 직감했다. 이런 옷으론 폴에 매달리기 어렵다. 그건 캐시가 제일 잘 알았다. 캐시가 풀죽은 목소리로 말했다.

"난 추락하고 말 거야."

캐시가 움직일 때마다 울긋불긋한 깃털이 골반 근처

에서 흔들렸다. 단장은 캐시가 유니콘처럼 보인다고 주장했다. 우리가 보기엔 거대한 앵무새처럼 보였다. 캐시는 다시 한번 한숨을 쉬며 우울해했다.

"난 떨어질 거야."

짐은 캐시가 잘 해낼 거라고 격려했다. 하지만 캐시의 표정은 나아지지 않았다. 그저 단장이 만든 옷의 무게에 짓눌려 봉을 질질 끌며 걸었다. 베갯잇을 정리하던 줄이 중얼거렸다.

"캐시의 예언은 실현될 거야."

"무서운 소리 하지 마."

"차라리 캐시도 유니콘을 믿는다면 좋을 텐데."

"세상에 그런 게 어디 있어."

투명해지는 중이던 내 척추를 줄이 매만졌다. 난 줄을 핀잔하며 캐시의 의상에서 깃털을 몰래 훔쳐 등을 가렸다. 줄이 내 귓가에 속삭였다.

"…비밀을 알려줄게. 아무에게도 말하지 않을 수 있어?"

줄은 살에 가려 한쪽만 보이는 눈을 치켜떴다. 파랗

게 새어 나오는 눈동자의 빛을 마주한 나는 고개를 끄덕였다. 쥴은 더 가까이 오라고 손짓했다. 난 눈을 끔벅이며 그에게 다가갔다.

"난 유니콘을 본 적 있어."

"진짜?"

"그래. 내가 유니콘의 마지막 목격자야. 많은 걸 말해 줄 순 없지만⋯ 난 유니콘을 보는 법을 알아. 그게 어떤 힘을 가졌는지도 알고. 내가 장담하는데, 저런 방식이라면 단장은 절대 유니콘의 주인이 되지 못할 거야."

쥴이 사자 같은 갈기를 흔들며 웃었다. 생각해보니, 쥴이 서커스단에 처음 들어온 날은 은하계에서 가장 아름다운 유니콘이 멸종했단 소식이 보도된 날이었다. 수많은 소녀가 유니콘을 본 적 있었지만 그 후로는 한 명도 나타나지 않았다. 단장은 마지막 유니콘이 목격됐다는 장소를 찾아갔는데, 그곳엔 유니콘 대신 쥴이 있었다. 따지자면 유니콘도 괴물이고 쥴도 괴물이었던지라 단장은 쥴을 데려와 이상한 여자 전시를 만들었다. 그는 입버릇처럼 유니콘을 찾는다면 이다음엔 아름다운 여자 전시를 할 것이라고 떠벌렸다.

"말해줘. 유니콘은 어떻게 생겼어?"

"사람들이 말하는 대로 긴 뿔이 있지. 하지만 꼭 흰 갈기가 있는 건 아냐. 때론 늑대 같고 불곰 같은 발을 지녔어. 날개는 산맥만해서 한 번만 홰쳐도 회오리바람이 불지."

"그럼 너도 유니콘에게 소원을 빌었어?"

"유니콘과 한가지 약속을 하긴 했지."

"그게 뭔데?"

"알려주면 너도 나랑 약속 하나 해."

"무슨 약속?"

쥴의 기다란 손톱과 털이 무성한 팔이 내 귓가를 쓸었다. 나는 새삼 쥴의 괴팍한 외형과 그 사이에서 빛나는 푸른 눈의 갭이 얼마나 사랑스러운지 실감하며 그를 바라보았다. 그때 나의 오른쪽 귀는 밀랍으로, 왼쪽 귀는 벌꿀로 변했다. 쥴은 자신의 손에 묻은 꿀을 한껏 맛보더니 말했다.

"내가 어떤 모습으로 변하든, 네가 어떤 모습으로 변

하든, 사람들이 널 어떻게 보든 우린 서로를 믿자. 네가 널 믿는다면 나도 널 믿고, 내가 널 믿는다면 너도 날 믿는 거야. 세상 모든 이들이 우릴 부정해도 너와 난 서로를 믿어주자."

"약속할게."

쥴이 만족스럽게 웃었다. 이윽고 쥴이 누구도 보지 않을 곳으로 날 데려가 속삭였던 말이 기억난다. 유니콘은 아직 멸종되지 않았다. 단장이 그걸 찾아 헤매는 것도 일리는 있다. 유니콘은 존재하니까. 마지막 유니콘은… 쥴의 안에 있다. 쥴과 유니콘은 서로 사랑했고, 그래서 쥴은 유니콘의 마지막 안식처로 자신을 내어주었다. 그건 언젠가 되살아나 날개를 펼칠 날을 숨죽여 노린다. 자신이 글을 쓰는 것도 그런 이유다. 지금까지 구백 장의 글을 썼으니 앞으로 백 장만 더 채운다면 신비의 동물은 멀리 날개를 펴고 사랑을 이루리라. 쥴은 자신의 서사를 직접 재건했다. 모든 이야기는 유니콘도 느낀다. 우린 이기지 않아도 왕이 될 수 있다.

내가 쥴에게 내 이야기도 대신 써달라고 부탁하면,

고개를 젓고선 네 이야기는 네가 직접 쓸 수 있다고 했던 게 기억났다. 우릴 우리에 가두고 구경거리로 삼던 관객과 단장이 부여하는 이야기보다, 언제나 변화하는 내 목소리가 더 가치롭다고 말했다. 그게 유니콘을 깨우는 길이니까.

과연, 내가 약속을 지킬 수 있을까?

의심 한 가닥이 머릿속을 스쳤지만 일단 줄의 비밀을 알고 싶었던 나는 귀를 기울였다.

"유니콘은 불멸의 존재야. 사랑하는 사람을 잃거나, 또는 그들이 자기 자신을 잃는 모습을 볼 때마다 힘이 약해질 뿐이지. 하지만 유니콘은 언젠가 돌아와. 유니콘은 소녀들의 유언을 기억해. 죽음이 사랑을 자각시키는 날, 유니콘은 다시 날아올라. 지금은 힘을 비축할 뿐이야."

나도 유니콘을 보고 싶었다.

저 멀리 단장이 만든 가짜 유니콘 옷을 입고 혼이 나간 인형처럼 걷는 캐시가 보였다. 짐이 옆에서 열심히 위로했지만 캐시의 표정은 나아지지 않았다.

*

다시 공연이 시작되었다. 단장은 과장된 인사로 손님들을 맞았다. 대기실로 들어가는 캐시의 의상은 끝이 하도 길어 문이 닫히지도 않았다. 여느 때보다 화려한 캐시는 절대 웃지 않았다. 단장은 상관없다고 했다. 어차피 관객들은 화려한 깃털의 눈속임에 캐시를 발견하지 못할 테니까. 단장은 대신 더 극적이고 환희에 찬 노래를 배경음으로 틀라고 주문했다. 나는 캐시의 무대가 궁금했다. 그 시간엔 우리 속으로 들어가야 하니 볼 수는 없었다. 쥴은 아직 펜을 잡지 않고 오도카니 있었다. 그러더니 중얼거렸다.

"누군가는 캐시의 유언을 들어야 할 텐데."

난 쥴에게 불길한 소리 하지 말라고 타박했다. 하지만 속으론 알고 있었다. 화려한 옷을 부여받을수록 캐시의 얼굴에 드리워진 그림자는 이 서커스단 안에 있는 한, 단장의 욕망을 우리가 시연하는 한 벗어날 수 없는 운명이었다.

캐시는 여느 때보다도 표정이 어두웠다. 죽음의 그림자가 성큼 다가온 걸 누구라도 느낄 수 있었다. 공연 시작 나팔이 울렸다. 짐이 캐시를 부르러 달려갔다. 쥴이 짐을 불러세웠다. 그리고 몰래 무언가를 속닥였다. 짐은 고개를 끄덕이더니 바쁘게 대기실로 나갔다. 그날은 가장 큰 환호성이 울렸다. 캐시가 성공적으로 공연을 해낸 걸까? 갑자기 마음이 불안했다. 이유를 알 수 없었다. 오직 계속 변하는 나의 감각만이 끔찍한 종류의 미래를 예견했다.

나는 쥴에게 처음으로 종이 한 장을 빌려달라고 말했다. 쥴은 흔쾌히 옆 우리에서 종이를 건넸다. 흰 백지를 앞에 두고 무언가를 쓰려 해보았다. 좁디 좁은 우리에서 멍하니 앉아 있을 바엔 유일하게 할 수 있는 행위였으니까. 나는 몇 번이고 심호흡하며 무엇이라도 기록하려 애썼다.

하지만 좀처럼 설명할 수가 없었다. 세상엔 내 몫의 언어가 없었다. 그래서 우릴 밥벌이로 보고 통제하는 단장에게 맞설 수가 없었다. 완성하지 못한 세계, 설명할 수 없는 세계, 누구에게도 전달되지 않는 세계로는 우릴 알릴 수도 없고 함께 싸울 동료들을 얻을 수도 없었다. 단장은 수많은 스피커를 가지고 있다. 그가 우릴 전시물이라 말하면 사람들은 우릴 그렇게 본다.

어깨가 열대어의 가시처럼 뾰족해졌다. 난 다시 쥴을 바라보았다. 쥴은 굽은 어깨로 글쓰기에 몰두하는 중이었다. 쥴은 저 글을 완성할 때, 자신의 언어를 다 썼을 때 무얼 하고 싶을까? 천장의 글을 쓰면 달라지는 게 있나?

언젠가 글을 쓰기 전과 지금 변한 게 있느냐고 묻자 쥴은 그저 자신의 자리를 조금 더 밝혀냈을 뿐이라고 대답했다. 세상에 대해 완전히 통찰한 것도 아니고, 대단한 일을 해낸 것도 아니고, 미지를 탐사하는 모험가처럼 헤매다가 자신의 여정이 완전한 망각으로 사라지지는 않도록 미련 묻은 흔적을 남겼을 뿐이라고 했다. 그럼 이 모든 시간에 의미가 있는가? 심지어 그건 전부 과거이거나 과거가 될 기록이라 미래의 자신과 상충할 위험성도 많았다. 과거의 나를 미래의 내가 배신할 증거를 주는 셈이니까. 그럼에도 지금의 궤적을 남기는 이유는 절박한 현존을 가진 이들이 붙잡을 수 있는 유일한 자존적 행위이기 때문이라고 했다.

하지만 매 순간 변하는 나도 이것들을 붙잡아두어야 할까?

내 겉모습처럼 속마음도 폭풍 치는 날씨만큼 변덕스러웠다.

공연은 클라이맥스로 향했다. 사람들이 점점 더 크게 환호성을 질렀다. 그 순간 연필을 잡은 손이 강물이 되어 무너졌다. 종이도 온통 축축하게 젖었다. 나는 그 자리에서 울어버렸다.

*

    캐시가 사라졌다. 가짜 유니콘의 옷을 입고 공연한 직후였다. 캐시는 예언대로 막대 끝에서 떨어졌다. 하지만 시체를 찾을 수 없었다. 전신에 열이 오른 짐은 삼일간 끙끙 앓았다. 우리 중엔 짐만이 유일하게 캐시의 공연을 보았다. 하지만 40도가 넘는 열과 혼수상태 속에서 짐은 횡설수설하기만 했다.

    "유니콘을 봤어. 정말 유니콘이 나타났어. 아니, 캐시가 유니콘이었어. 어쩌면 유니콘이 캐시를 데려간 것 같아. 아찔할 만큼 아름다운… 청록색 눈동자에 검은 털, 자수정 같은 뿔을 가진 유니콘이었어. 그렇게 아름다운 생물은 처음 보았어. 캐시는 유니콘을 따라 떠났어. 봉 끝에서 유니콘을 따라 뛰어내렸어. 유니콘과 함께 바닥으로 추락했지…. 사람들이 기립 박수를 쳤어. 그들도 캐시와 유니콘의 마지막 합동 공연을 보았나 봐. 캐시, 아름다운 캐시. 그 애는 날 데려가지 않았어. 하지만 유니콘은 캐시의 소원을 들어주었지…. 캐시가 보고 싶어, 하지만 그건 캐시의 소원이 아니야."

줄은 짐에게 다가가 이마 위의 물수건을 갈아주며 캐시의 유언을 물었다. 짐의 눈에 간신히 명료한 빛이 스쳤다. 짐은 줄의 귀에 몇 마디를 속삭인 후 혼절했다. 우린 깊이 잠든 짐의 곁에 물그릇을 놓아둔 후 침울한 기분으로 돌아왔다.

그날 밤. 단장이 나를 찾아왔다. 실종된 캐시 대신 다음 공연에 나를 세우겠다고 선언했다. 나는 줄타기도, 곡예도 한 번도 해본 적 없는데. 우리가 항변하자 단장은 내가 그저 높은 천장에 매달린 둥근 그네를 타고 사람들에게 웃어주기만 하면 된다고 설명했다. 어차피 수만 가지로 변할 테니 그것만으로도 좋은 구경거리가 될거다. 곡예는 하지 않아도 되지만 캐시가 입었던 가짜 유니콘 의상을 착용해야 했다.

"아직 캐시의 장례도 치르지 못했잖아요. 그 애의 시체도 못 찾았는데 벌써 공연이라니요."

"그건 그거고 이건 이거야. 이제부터 입소문이 날 거고, 더 많은 관객이 유니콘을 보길 원해. 기회를 놓칠 순

없어."

"진짜 유니콘도 아니면서. 이건 사기에요."

"관객들도 그 정도는 다 알아. 하지만 훌륭한 눈요
깃거리는 필요하지. 토 달지 말고 당장 가서 의상을 입
어!"

단장은 더 이상의 질문은 허용하지 않았다. 공연은
내일부터 시작해야 했다. 마음의 준비도, 누구에게 알
릴 시간도 없었다. 난 예감했다. 캐시처럼 나도 사라질
차례구나.

*

그날 새벽이었다. 간신히 열이 내려 초췌한 얼굴의 짐이 날 찾아왔다. 다음 유니콘으로 내가 정해졌다는 소식을 들은 모양이었다. 난 대기실에 놓인 깃털 더미를 바라보며 앉아 있었다. 바로 어제 캐시가 이 옷을 입었다가 자취를 감추었는데. 캐시는 지금 어디에 있을까. 나는 어떻게 될까.

공중그네에는 한 번도 앉아본 적 없다. 눈으로 어림잡은 높이는 정말 까마득히 멀었다. 올라가는 순간 어지럼증이 들 만한 위치였다. 난 최대한 머리를 비우려고 했다. 캐시의 일은 유감이야, 하지만 나에게도 같은 일이 일어나진 않을 거야. 스스로에게 이런 위로를 중얼거렸다. 그러나 곧바로 다음 생각이 떠올랐다. 이런 옷으론 추락하고 말 거야. 저 깃털 하나하나엔 단장의 탐욕이 덕지덕지 붙었으니까. 저런 무게를 견딜 만한 사람은 없어.

하지만 괴물 여자의 예감을 믿어줄 사람이 얼마나

될까?

그때 짐이 내 어깨를 흔들었다. 그 애는 조용히 나에게만 할 말이 있다고 했다. 우린 짐이 건포도 케이크를 굽던 화로 옆으로 갔다.

"캐시는 떠나고 싶어 했어. 그 애는 최선을 다해서 봉의 끝까지 올라갔어. 수백 번이나 오르내렸던 곳이니까, 걱정할 건 없었어. 하지만 꼭대기로 향할수록 느려지던 캐시를 기억해. 나중엔 마치 그 옷이 캐시를 바닥으로 계속 잡아당기는 것 같았어. 캐시는 우리가 자길 기억해주면 만족한다고 했어. 그리고 유니콘처럼 사라졌지. 깃털에 감싸여서. 캐시는 아무것도 남기지 못했어."

"내가 다음 유니콘이라 이 말을 해주는 거야?"

"아니. 부탁이 있어. 뛰어내린 건 캐시의 의지였지만, 사라진 건 캐시의 뜻이 아니야. 난 캐시를 찾고 싶어. 사실 그곳에 유니콘은 나타나지 않았어. 누구도 진짜 유니콘은 본 적 없어. 캐시가 바닥으로 떨어진 다음, 단장은 누구도 캐시 근처에 가지 못하게 했어. 내가 달려갔을 땐 깃털 달린 옷만 자리에 남았어. 캐시가 보이지도 않던 옷 말이야. 난 네가 캐시처럼 되지 않길 바라. 캐시가 너무 그리워."

"…짐, 네 마음은 알아. 나도 캐시가 보고 싶어. 하지만 공연을 하지 않을 수는 없어."

"알아. 그래도…. 쥴이 캐시가 공연하기 전에 그 애의 유언을 들으라고 했었어. 자신의 운명을 직감하는 이들은 누군가 들어준다면 꼭 무언가를 남길 거라고. 죽음을 알아도 약속으로 연결되고 싶어 하는 마음이 있다고. 하지만 그날 너무 바빠서 아무것도 듣지 못했어. 대신 쥴이… 캐시가 하고 싶던 마지막 말을 최대한 생각해서 적어준다고 했어. 쥴이 글을 잘 쓰잖아. 그게 무슨 의미가 있을지는 모르겠지만 적어도 영혼이 된 캐시는 그걸 읽을지도 몰라. 어쩌면 내가 그 애를 찾도록 신호를 줄지도 모르지. 있지, 쥴이 날 돕는 만큼 나도 널 돕고 싶어. 나에게 남기고 싶은 게 있어? 어떤 일이 일어나든 끝까지 간직할게."

난 고민에 빠졌다. 이 세상에 남기고 싶은 것. 생각해본 적 없었다. 사람들은 날 구경하러 오면서도 유해물 질처럼, 이 세상에 존재하면 안 되는 이물질처럼 여겼다. 그래서 만약 죽는 날이 온다면 무엇도 남기지 않고 깨끗하게 사라져야 하지 않을까 생각했다. 하지만 내게서 무언가를 받고 싶어 하고, 간직하고 싶어 하는 사람 앞에서 과연 무얼 주어야 할지 난감했다. 난 누군가에게 선물을 할 만큼 많은 걸 가지지 않았으니까. 쥴이라면 글이라도 남겼겠지.

쥴과 했던 약속이 떠올랐다. 우리만은 서로를 믿어주자. 우리가 존재했다는 걸 믿어주자. 나의 손바닥을 들여다보았다. 손금은 어지럽게 변했다. 실뱀처럼 부풀었다가 유리처럼 투명해졌다. 해당화 같은 꽃송이가 피어나기도 했다. 내가 죽은 후에도 이 변화는 여전할까? 아니면 멈출까. 난 부엌칼을 들어 머리카락을 잘랐다. 그걸 짐의 손에 쥐어주었다. 짐의 손에 들린 머리카락은 내 일부였을 때만큼 생동감 있게 움직였다. 그건 무지개색이었다가 청동 물질로 변했다. 짐이 머리카락들을 움켜쥐었다.

"고마워."

한참이나 생각에 잠기던 짐은 동이 트기까지 시간이 남은 밤하늘을 쳐다보곤 말했다.

"건포도 케이크를 구울 건데 먹고 갈래?"

난 고개를 끄덕였다. 짐은 말없이 새벽 내내 반죽을 빚었다. 짐은 엄청난 양의 빵을 만들고 또 만들었다. 난 잠을 자지 않고 내내 짐을 도왔다. 오늘 열릴 공연에 대한 생각을 하고 싶지 않았다. 그래서 계속 몸을 움직여서 반죽을 밀고, 불을 피웠다. 우린 정말 많은 케이크를 구웠다. 창고 하나가 꽉 찰 정도였다. 이윽고 단장이 일어날 시간이 왔다. 그가 깨기 전까진 우리를 깨끗이 닦고 안에 들어가 있어야 한다. 짐은 나를 껴안았다. 나도 짐의 뒷머리를 쓰다듬었다.

나는 짐이 나의 머리카락을 조각내어 반죽에 섞는 걸 보았다. 날 기억하기 위해서였다. 그건 우리끼리만의 비밀이었다.

줄은 캐시의 유언까지 더하여 구백구십구장의 글을 썼다. 내가 유니콘의 옷을 입기 직전이었다. 줄은 마지막 한 장을 최대한 빠르게 마치고 내 공연을 보러 가겠다고 했다. 그때까지 꼭 무사하라고 말했다. 나는 줄의 농담에 깔깔 웃었다. 그 시간엔 우리 속에 앉아 있어야할 줄이 어떻게 내 공연을 보겠는가. 열쇠는 오직 단장이 관리하는데. 그래서 난 줄의 말이 긴장한 내 기분을 풀어줄 농담이라고 생각했다. 하지만 줄은 지금까지 본적 없던 진지한 얼굴로 말했다.

"우린 서로를 믿자는 약속, 잊으면 안 돼."

그제서야 난 줄이 농담이 아닌 진실을 말한다는 걸 알아차렸다. 줄, 하지만 이제 와 우리가 서로를 믿는 일이 무슨 소용인지 모르겠다. 내 걱정을 알아차렸는지 줄이 덧붙였다.

"내가 마지막 이야기를 쓰면,"

"마지막 이야기를 쓰면?"

"난 사랑하는 소녀와 영원할 거야."

줄의 눈썹이 가느다랗게 떨렸다. 이윽고 줄의 푸른 눈동자가 샛별처럼 빛났다. 난 맑은 물을 머금은 구절초의 향이 풍긴다는 착각에 빠졌다. 줄이 말한 유니콘 이야기가 사실이라면 좋겠다. 줄은 나를 마주하곤 미소 지었다. 이 미소에 위로받아도 될까. 먼저 느낀 건 무력함에 대한 슬픔이었지만 말이다.

단장은 더 많은 소녀들을 필요로 할 것이다. 본 적도 없는, 볼 수도 없을 유니콘을 얻기 위하여. 그렇다면 유니콘은 누구를 위하여 존재할까. 인간들은 순결한 처녀의 무릎을 베고 눕는 유니콘의 습성을 이용했었다. 소녀를 미끼로 그 신성한 동물을 잡아들였던 주제에 아직도 유니콘을 탐한다.

희열에 찬 단장의 부푼 눈이 보였다. 그가 옷을 들고 날 불렀다. 난 줄과 헤어져 탈의실로 향했다. 얼굴과 팔다리만 내놓은 채 깃털 속에 파묻힌 내가 우스꽝스러웠다. 남들이 날 비웃는 건 상관없었다. 그런 시선 따위는 익숙하니까. 하지만 이번 공연에선 모두 내가 죽는 장면을 보길 바란다. 자극적인 눈요깃거리를 충족한 후 내가 어떻게 떨어졌는지, 어떤 모습으로 박살 났는지를 가십거리로 삼다 며칠 후 죄다 까먹을 테지.

어디선가 고소한 빵 냄새가 풍겼다. 어젯밤 짐과 함께 건포도 케이크를 구운 탓이리라. 내일 그걸 다시 맛볼 수 있을까. 난 캐시가 짓눌렀던 옷의 무게를 고스란히 느끼며 밖으로 나왔다. 콧수염을 꼬는 단장이 날 무대 위로 안내했다. 둥근 원 모양의 그네가 보였다. 내가 그 위에 앉자, 와이어가 서서히 날 하늘로 끌어당겼다. 나는 밤하늘에 뜬 보름달처럼 위로 올라갔다. 그네타기는 마지막 순서였다. 그때까지 도르레는 나를 천장에 매달아놓을 것이다.

두 눈으로 세상을 구경할 마지막 기회였다. 전시장 우리 바깥에서 보는 무대는 처음이었다. 내 몸이 위에서 흔들렸다. 죬은 마지막 장을 어떤 이야기로 채울까? 그걸 볼 수 없을지 모른다는 게 아쉬웠다.

단장이 오늘의 프로그램 순서를 읊었다. 저글링과 사다리 타기, 차력 쇼, 불 공연이 끝난 후 나의 그네타기가 마지막이었다.

"앨리스 아이덴티티의 소유자인 소녀가 위태로운 그네를 타며 유니콘을 유혹합니다!"

단장의 말을 끝으로 모든 조명이 무대를 향해 켜졌다. 하얗게 부서지는 빛무리가 눈을 부시게 만들어 어지러웠다. 천장 끝까지 오르자 관객들의 얼굴은 보이지 않았다. 두 발만 허공에서 허우적거렸다. 날 지탱하는 건 오직 양손의 그네 줄 뿐이었다. 왼발이 베로니카 꽃으로, 오른발은 그림자로 변했다. 왼팔은 석류였고 오른팔은 수은이었다. 나는 모든 스펙트럼으로 관객들 머리 위에 있었다.

이 줄을 놓는다면 당장에 떨어질 테지. 적어도 아직 무대에 다른 공연자들이 있는 한은 안 된다. 난 힘주어 줄을 양손으로 꼭 잡았다. 심호흡을 크게 들이쉰 후, 아래를 바라보았다. 다른 친구들의 공연을 기억할 유일한 기회였으니까.

…그때. 캐시를 발견했다.

사라진 캐시는 무대 바닥에 있었다. 정확히 말하면

바닥에 깔린 두꺼운 강화 유리 속에 숨겨져 있었다. 조명이 그 위를 비출 때만 캐시의 이목구비가 보였다. 다른 방향에선 유리의 굴절률 때문에 일그러진 무늬처럼 보였다. 천막 정중앙 꼭대기에 올라온 나에게만 캐시가 보였다.

아, 고요히 잠든 캐시의 몸은 추락으로 인해 뒤틀렸다. 여덟 개의 팔이 해괴한 각도로 꺾였다. 캐시는 거대한 테두리를 따라 누워 있었는데, 캐시 말고도 다른 소녀들의 몸이 몇 구 더 있었다. 난 깨달았다. 무대 전체를 채운 테두리는 유니콘 도안이었다. 단장은 소녀들의 시체를 기운 거대한 유니콘을 만들려고 했다. 소름이 쫙 끼쳤다. 그들은 모두 흰 분장을 하고 눈을 감은 채 누워 있었다.

딱 한 사람이 들어갈 만큼의 공간만이 캐시 옆에 비어 있었다. 그게 나의 자리란 걸 알아챘다. 손이 벌벌 떨렸다. 유니콘이 자신을 허락하지 않자, 단장은 스스로 유니콘을 만들고자 했다. 유니콘을 유혹할 가짜가 필요했던 게 아니다. 단장의 입맛에 맞는, 더 기괴한 전시를 가능케 할 재료가 필요했다. 시시때때로 변하는 앨리스 아이덴티티를 가진 괴물의 시체는 마지막 재료로 적합하다. 눈물이 나왔다. 하지만 얼굴을 닦을 수는 없었다. 그랬다간 나도 캐시와 같은 꼴이 될 테니까.

그네가 천천히 기울어졌다. 그때마다 내 몸도 흔들렸다. 심장과 폐가 다른 물질로 변하며 섞였다. 난 이렇게 모호한데, 저기 바닥에 그려진 유니콘은 너무나 분명했다. 외곽선은 바깥과 무대가 구분될 정도로 뚜렷했다. 그 안에 붙잡히고 싶지 않았다. 비록 내가 혼란스러운 스스로를 좋아하진 않았지만 저 안에 포박되는 일보다는 나았다. 만약 이 공연을 죄다 망쳐버린다면 어떻게 될까? 하지만, 대체 어떤 방식으로 망쳐야 하지? 난 공중 위에 매달려 있고 내 몸이 변하더라도 날개가 솟아나는 건 아니다. 몸은 내 의지와 상관없고 지금 내 생명을 좌우하는 건 두 개의 줄뿐이었다.

저 멀리 천막 끄트머리의 환기구가 보였다. 나와 정반대 자리에 있지만 만약 그네가 움직이기 시작하면…. 뛰어서 저 끝까지 닿을지도 모른다. 환기구에 매달린 후 안으로 기어들어 가면 탈출할 방도가 있을까? 마른 침이 넘어갔다.

종이 울렸다. 드디어 마지막 공연의 시작을 알리는 소리였다. 그네가 천천히 나를 관객들이 보일 만한 위치로 데려갔다. 채찍을 든 단장이 부푼 한쪽 눈을 부라리며 날 지켜본다. 난 결심했다. 그네가 중앙으로 이동하는 동안 내가 입은 옷을 하나씩 뜯어 아래로 내던졌다. 수많은 깃털이 관객들의 머리와 무대로 흩뿌려졌다. 소녀들의 시체도 수북한 깃털로 뒤덮였다. 관객들이 탄성을 지르거나, 조롱하거나, 야유했다. 나는 최대한 날 덮었던 모든 깃털을 뽑았다.

그네 위에 맨몸으로 섰다. 긴장해서 그런지 몸은 수십 가지로 변화했다. 평소보다 두 배는 많은 양이었다. 상관없었다. 부디 내가 뛰어오르는 순간에는 이왕이면 탄성력이 강한 물질로 다리가 변하길 바랄 뿐이었다. 나체가 된 나는 줄을 잡고 빠르게 발을 굴렀다.

그네는 점점 큰 포물선을 그리며 움직였다. 한 번, 두 번, 세 번…. 힘차게 몸을 흔들수록 그네는 빠른 속도로 비상했다. 다들 입을 벌리고 멍청한 표정으로 앉아 있었다. 그 모양새가 시야에 들어왔다가 사라지길 반복했다. 조금만 더. 조금만 더…. 젖먹던 힘까지 다해 그네를 흔들었다. 조명이 정신없이 깜박였다. 시끄러운 음악들과 사람들이 지르는 소리가 뒤섞여 고막이 울렸다.

기회는 한 번이니 집중해야 한다. 쥴은 이야기를 다 적었을까? 쥴, 내가 이곳을 나간다면 사랑하는 너와 함께할 수 있을까. 부디, 내게 믿음을 줘. 우릴 믿어줘. 이윽고 그네와 환풍구가 일직선으로 맞춰졌다. 나는 주저하지 않고 그네를 박찼다. 혼신의 힘을 다해 팔을 뻗었다.

하지만 한쪽 손이 코스모스로 변했다. 환풍구에 닿기에는 팔의 거리가 모자랐다. 난 그대로 미끄러졌다. 몸이 순식간에 추락했다. 시야가 뒤집히며 천장이 보였다. 일 초도 되지 않는 순간 주마등처럼 쥴의 푸른 눈이 스쳐 지났다. 비명을 지를 새도 없이 눈을 질끈 감았다. 죽는구나, 결국 이렇게 죽어버리는구나. 무서웠다. 머릿속에 번뜩 날카로운 빛이 스쳤고, 조금이라도 아픔을 줄이려 비명을 삼켰다.

"···."

그런데, 등엔 어떤 충격도 느껴지지 않았다. 대신 아주 부드럽고 진중한 목소리가 들렸다.

"약속을 지키러 왔어."

푹신하고 부드러운 무언가가 내 전신을 감쌌다. 나는 천천히 눈을 떴다. 제일 먼저 보인 건 서커스 무대를 가로지르는 거대한 날개였다. 한 번 날개가 퍼덕일 때마다 강풍이 불 정도였다. 그만큼 크고 거친 날개였다. 말의 발굽 같기도, 맹수의 손 같기도 한 발톱이 날 단단히 붙잡았다. 이런 발이 있다고 어디에서 들었었는데. 나는 수북한 갈색 털 속에 묻혔다. 그 털을 거슬러 시선을 옮기자··· 호수같이 푸른 눈과 마주쳤다. 내가 잘 아는 눈동자. 내가 입 맞추길 좋아하던 눈동자였다. 그 눈동자 사이에 백옥같이 긴 뿔이 하나 있다는 것만 빼면 영락없는 쥴이었다. 푸른 눈동자가 날 보며 웃었다.

유니콘···. 그러니까, 천 장의 글을 마친 쥴이었다. 유니콘이 된 쥴은 날개를 퍼덕이며 다시 그네에 올라탔다. 그 채로 우아하게 천막을 한 바퀴 돌았다. 풀과 보석이 돋은 내 뺨에 살짝 키스를 하더니 서서히 날 바닥에 내려주었다.

"어떻게 탈출한 거야?"

내가 얼떨떨한 목소리로 묻자 쥴이 뒤편을 가리켰다. 그곳엔 단장의 열쇠를 훔친 짐과, 그 애가 연 우리에서 탈출한 '이상한 여자'들이 걸어오고 있었다. 몇은 덤블링을 타며 환호했고, 후프와 실크를 만지며 자유로워진 몸을 만끽하는 이들도 있었다. 우린 갑자기 왁자지껄하며 무대에서 멋대로 행동하기 시작했다. 난생처음 자유로이 활보하는 걸음걸이에 신이 나 보였다.

우린 쥴을 중심으로 가운데로 모였고, 쥴은 우릴 날개로 덮었다. 우린 다 함께 변신한 쥴을 보고 감탄했다. 푸른 호수를 머금은 눈동자는 더욱 파랬고, 흰 뿔과 묵직한 발톱, 사자의 얼굴을 가진 유니콘이 바로 쥴이었다. 단장이 말하던 모습과는 정반대였다. 쥴은 초식동물인 말보다는 육식동물에 가까운 외형이었다. 하지만 날개와 뿔이 달렸다. 우린 앞다투어 쥴의 뿔을 만졌다.

이상한 소녀들은 쥴이 재탄생한 유니콘을 사랑했다.

풀려난 괴물들이 유니콘을 둘러싸고 탄성을 지를 때, 저 멀리 허망한 얼굴의 단장이 보였다.

"어떻게 죽지 않고 내려온 거지?"

그는 날 보며 의문을 던졌다. 난 눈치챘다. 단장에겐 유니콘으로 변한 쥴이 보이지 않았다. 지금 날 품은 쥴의 아름답고 거친 행색이 눈앞에 있는데도 알아차리지를 못했다. 그에게는 내가 공중에서 느리게 하강한 걸로 보였을 테지.

수십 년을 찾아다닌 대상이 눈앞에 있는데, 소녀들을 죽여가며 탐욕한 이상理想이 여기 있는데. 단장은 보지 못했다. 쥴의 말이 맞았다. 단장의 방식으로는 쥴의 진짜 모습을 볼 수 없다. 우리가 유니콘을 환호할수록 단장의 부푼 눈은 터질듯이 팽창했다. 쥴이 비치지 않는 단장의 동공이 확장되었다. 사태를 파악한 그가 점점 분노했다.

"내가 보지 못하는 걸 너희가 봤을 리 없어. 거짓말 하지 마. 연극에는 안 속아. 유니콘의 주인이 되어야 하는 건 나야. 너희 같은 괴물들이 감히 유니콘을 입에 올려?"

"당신은 자격이 없어. 그래서 보이지 않는 거야. 유니콘은 애초부터 당신 것인 적이 없었어."

격분하는 단장에게 내가 쏘아붙이자, 그의 얼굴이 시뻘개졌다. 수많은 사람 앞에서 반박을 당한 것이 여간 분한 모양이었다.

"자격이 없다고? 그깟 자격 따위 빼앗으면 돼."

갑자기 단장은 짐에게 달려들었다. 다리를 저는 짐은 그를 빠르게 피할 수 없었다. 갑자기 처절한 짐의 비명이 울렸다. 장내가 아수라장이 되었다. 쓰러진 짐의 옆에서 그의 한쪽 눈을 움켜쥔 단장이 얼굴을 기이하게 일그러뜨리며 웃었다.

미친놈, 나는 욕을 지껄이며 짐을 데려왔다. 다급하게 그의 눈을 지혈했다. 단장의 손과 짐의 눈가에서 흐른 피로 순식간에 바닥이 너저분했다. 단장은 자신의 부푼 눈을 터트린 후, 그곳에 짐의 눈을 끼웠다. 난 구역질이 나려는 입을 틀어막았다. 저 사람은 정말로 미쳤다. 자신의 욕심을 채우기 위해 남의 것을 빼앗을 줄 밖에 모르다니.

단장은 희열에 찬 눈을 들어 쥴을 쳐다보았다. 유니콘을 목격하길 바라는 표정이었다. 그때였다. 쥴의 뿔에서 은은한 빛이 뿜어졌다. 은색의 빛줄기는 쥴의 온몸을 뒤덮은 후 단장의 눈 속으로 들어갔다.

난 보았다. 단장의 눈에… 유니콘이 아니라 수많은 관객의 눈동자가 비치는 걸. 그건 우리 속의 쥴과 나를 관람하던 바로 그 눈동자였다. 사람이 아닌 괴물을 보는 시선들. 존재하는 것들을 비존재로 만들어버리는 시선들. 쥴은 우리가 경험했던 모든 감각을 고스란히 단장에게 돌려주었다. 단장은 우리가 받았던 시선을 경험하기 시작했다.

그러자 단장은 비명을 지르며 두 눈을 주먹으로 쳤다. 바닥에서 마구 뒹굴다 갑자기 앞으로 뛰쳐나갔다. 그 앞엔 불 묘기를 위한 화로가 있었다. 아직 불을 끄지 않아 시뻘건 불꽃이 활활 타올랐다. 우린 아무도 단장을 말리지 못했다. 그렇게나 즉각적인 반응을 할 줄은 몰랐기 때문이다. 관자놀이에 핏줄이 선 단장은 끔찍한 시선의 체험들을 견디지 못하고 날뛰었다. 그는 단 일 초도 그걸 참지 못했다.

우리가 수백 일 동안 경험했던 시선을 말이다. 단장 은 그대로 화로 속에 머리를 집어넣었다. 커다란 불이 확 치솟았다가 검은 연기와 함께 사그라들었다. 새카만 재가 된 머리에 연결되었던 단장의 몸만 툭 떨어졌다. 별안간 벌어진 사고에 우린 아무 행동도 할 수 없었다. 짐의 눈을 지혈하던 내 손바닥만 축축했다.

무대를 둘러싼 박수 소리가 들렸다. 우리는 어안이 벙벙한 얼굴로 관객석을 보았다.

관객들이 전부 일어서 기립 박수를 쳤다. 그들은 불 탄 단장의 머리를 보며 웃고, 팝콘을 씹고, 재미있었다 고 떠들며 환호한 후 줄지어 바깥으로 나갔다. 우린 오 싹한 공포를 느꼈다. 지금 이 순간, 괴물은 우리보단 저 들이었다.

쥴은 날개로 우리 모두를 덮었다. 관객들이 모두 나 갈 때까지 우리가 그들을 보지 않아도 되도록 막아주었다. 관객석이 텅 비자 비로소 서커스단에는 침묵이 찾아왔다. 불타버린 단장의 머리와 몸만 남았다. 우린 할 말을 잃고 우두커니 서 있었다.

쥴은 짐의 상처 부위에 뿔을 갖다 댔다. 머리를 두어 번 흔들자 이번엔 뿔이 금색으로 빛났다. 그러자 짐의 상처 부위가 서서히 아물었다. 내 손에 묻었던 핏자국들도 지워졌다. 유니콘의 뿔은 정화의 능력이 있었다. 짐이 신음했다. 나는 짐의 머리 아래 내 무릎을 받쳐주었다.

우린 단장의 시체를 어떻게 할지 고민했다. 나는 무대 아래에 캐시와, 다른 소녀들의 시체가 있음을 폭로했다. 단원들은 분노하고, 울고, 무대 바닥을 뜯었다. 우린 소녀들과 단장의 시체를 뒤바꾸었다. 단장은 자신의 도안 속에 우겨 넣어졌다. 가짜 유니콘 가죽이 그의 관이었다.

이 일이 언젠가 세상에 퍼지면 경찰이 우릴 잡으러 올까? 이 사건을 해명할 수 있을까? 돈에 팔린 괴물들이 주인의 말을 듣지 않고 무대 위로 난입한 것도 모자

라 단장 스스로 죽게 만들었으니. 그때, 희미한 짐의 목
소리가 들렸다.

"괜찮아. 사람들은 아무도 못 봤을 거야. 쥴도, 단장이
죽는 장면도. 전부 다른 이야기로 봤을 거야."

"그게 무슨 소리야?"

"앨리스 아이덴티티. 네 유언을 담은 건포도 케이크
를 모두에게 먹였거든."

짐은 나직하게 웃었다. 캐시를 되찾아 슬프고도 기쁜
얼굴로. 짐은 나의 머리카락이 들어간 건포도 케이크가
일종의 환각을 일으킨다는 걸 우연히 발견했다. 사물이
크거나 작게 보이고 실제와 달리 희한한 모습으로도 보
였다. 상황과 완전히 다른 영상이 보이는 일도 있었다.

짐은 매표소 앞에서 서커스단을 방문하는 모든 손님
에게 건포도 케이크를 돌렸다. 그러니, 단장이 죽는 장
면도 관객들에겐 제각각으로 보였을 것이다. 그러니 단
장의 최후를 보며 그토록 신나게 박수를 쳐댄 거다. 그
들은 어쨌든 최고의 공연을 보았다. 다만 저마다 목격
한 이야기가 다르니 결국은 쇼Show의 퍼포먼스로 보였

으리라. 우린… 서커스 무대 바닥의 유리 문을 단단히 잠갔다. 유니콘을 쫓다 스스로 박제품이 된 단장에 대한 소문을 퍼트리기로 결심하면서. 우린 그의 무덤에 관한 진실을 평생 가져갈 거다.

마지막으론 캐시와 죽은 소녀들을 데려와 장례를 치렀다. 이름도, 얼굴도 잊었던 소녀들이 많았다. 그 애들의 관절마다 꽃을 둘렀다. 서커스단에서 멀리 떨어진 숲속에 캐시를 묻으러 다 같이 등불을 들고 먼 길을 걸었다. 아, 저번에 본 낙타와 사슴들이 장례 행렬을 따랐다. 괴물과 동물들의 발걸음이 이어졌다. 검푸른 밤, 노란 등불을 든 우린 하염없이 걸었다. 누군가가 장송곡을 읊조리면 하나둘씩 음을 이어 불렀다. 캐시가 좋아하는 노래, 우리가 좋아하는 노래, 소녀들이 좋아했던 노래를 불렀다.

우린 어떤 글자로도 시작하지 않는
여자들을 좋아해

함께 무도회에 가자 어서 네가 나의 여왕이라 고백해
이름 불리지 않은 여자 전설 속 괴물 우리 꿈의 일부
당신, 앨리스, 유니콘의 여왕을 환영해

우린 마지막 줄의 이름을 차례차례 소녀들의 이름으로 바꾸어 불렀다. 돌림 노래를 하는 동안 거대한 날개를 지닌 쥴이 따라왔다. 캐시에게 마지막 인사를 한 쥴이 내 등 뒤로 다가와 어깨에 턱을 올렸다. 그 애가 뒤에서 끌어안자 아주 따뜻했다.

이제 단장의 서커스는 문을 닫을 시간이었다. 우린 그의 꿈에서 깨어나기로 결심했다. 쥴은 우리 모두를 등에 태우고 달아날 거다. 우리가 가고 싶은 곳이면 어디든 데려다주겠다고 약속했다. 우린, 단장의 서커스가 아니라 우리만의 방랑극을 만들 것이다. 우리가 직접 무대를 만들고, 글을 쓰고, 조명을 비추어 연출하는 공연을 올릴 것이다.

우린 쥴이 적었던 천 장의 글을 나누어 들었다. 쥴이 우리 모두를 품에 안거나 등에 태우고 비상했다. 시원

한 밤바람이 기분 좋게 귓가를 스쳤다. 하늘을 가로지르는 우린 돌아가면서 쥴의 글을 한 줄씩 낭독했다. 그곳엔 쥴과, 우리들의 서사가 가득했다. 구름 꼭대기에 다다랐을 때, 나는 단장의 열쇠를 멀리 던졌다. 그건 소리도 없이 추락했다.

내 심장이 유성우로 변했다. 난 쥴의 품에 안겨 노곤하게 잠이 들었다. 우리의 방랑극이 얼마나 아름다울지 상상하면서. 어쩌면 은하계에서 가장 아름다운 공연이 될 거다. 우리가 존재하고 살아가는 만큼 우리의 극도 끊임없이 변하리라. 난 나의 글을 쓸 방법을 떠올렸다. 녹음기를 하나 구해 직접 말하면 어떨까. 손을 움직이지 못하면 노래라도 부르면 되겠지.

앨리스 아이덴티티, 그건 더 이상 괴상한 증상이 아니었다. 나의 특성, 나의 개성, 나의 미학이었다. 우린 건포도 케이크를 공평하게 나누어 먹으며 어디에도 없는 극을 만들 예정이다. 해방감에 자꾸만 웃음이 나왔다. 언젠가 읽었던 앨리스 동화엔 이런 농담이 있었다. 잘라서 나누는 케이크보다, 먼저 나누어주고 자르면 되는 케이크가 있다고. 아마 그 케이크는 우리 서커스단의 케이크였던 게 분명하다.

난 줄과 함께 마음껏 건포도 케이크를 깨무는 삶을 상상한다. 우리의 극단을 찾아오는 손님들에게도 그 케이크를 나누며 이렇게 말할 거다.

당신이 이상한 여자가 아니라고 확신하지 말라.

「앨리스 아이덴티티」는 판섹슈얼로서의 감각을 언어화하려는 욕망에서 출발한 이야기입니다. 특히 『거울 나라의 앨리스』 중 7장 '사자와 유니콘' 파트의 여러 요소에서 착안한 이 작품은 서커스단을 배경으로 '오독되는 자들과 세상 사이에서 일어나는 일'을 담고 있습니다.

어린 시절, 저는 매해마다, 매달마다, 심지어 3일마다 성장통을 겪는다고 느꼈어요. 그만큼 나의 감각은 새롭게 변화했지만 이를 세상과 소통하는 건 다른 문제였습니다. 성인이 되어서도 한동안은 세상이 이해할 수 있도록 나를 잘 정리하고 다듬어 내보여야 한다는 압박에

시달렸죠. 하지만 지금은 다채로운 감각과 유동성 자체가 나다움이라는 걸 이해합니다. 나는 고정된 무엇이려 하지 않아도 괜찮고, 하나였다가 전혀 예상 못한 다음으로 넘어가도 상관 없습니다. 나다운 삶을 산다면 결국 내가 삶을 이해시키려 애써야 하는 게 아닌, 삶이 날 이해하는 순간이 올 테니까요. 오히려 '이러해야 한다'라는 틀에 맞춰서만 산다면 언젠가 고여버려 썩지 않을까요? 몸이 커졌다 작아졌다 한 앨리스의 모험이 세기를 넘은 고전이 된 것처럼, 끊임없이 변화하는 우리의 삶도 이상한 아름다움으로 가득 찬 모험이 되길 바랍니다.

이 글이 당신을 그런 여정으로 초대했기를, 자신을 '이상한 여자'라고 생각해본 모든 독자들에게 닿는 선물이었기를 바랍니다.